神犬英豪

[美] 吉姆·凯尔高◎著

李牧云　冷晓红◎译

江西高校出版社
JIANGXI UNIVERSITIES AND COLLEGES PRESS

图书在版编目（CIP）数据

神犬英豪 /（美）凯尔高著；李牧云，冷晓红译 . —南昌：
江西高校出版社，2016. 3（2020.6 重印）
（国际大奖动物小说）
ISBN 978-7-5493-4134-4

Ⅰ . ①神…　Ⅱ . ①凯…　②李…　③冷…　Ⅲ . ①儿童文
学－长篇小说－美国－现代　Ⅳ . ① I712. 84

中国版本图书馆 CIP 数据核字（2016）第 056361 号

责任编辑　易建宏　黄玉婷
装帧设计　罗俊南

出 版 发 行	江西高校出版社
社　　　址	江西省南昌市洪都北大道 96 号
编 辑 电 话	（0791）88170528
销 售 电 话	（0791）88170198
网　　　址	www. juacp. com
印　　　刷	湖南锦泰数字印刷有限公司
经　　　销	各地新华书店
开　　　本	787mm×1092mm　1/16
印　　　张	14
字　　　数	130 千字
版　　　次	2016 年 3 月第 1 版
	2020 年 6 月第 2 次印刷
书　　　号	ISBN 978-7-5493-4134-4
定　　　价	39. 00 元

赣版权登字 -07-2016-139

目 录
contents

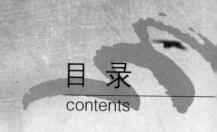

第一章

一 爱尔兰赛特犬

丹尼跟踪的那头公牛缓慢地走完了1500米的路程。这时候，丹尼一不小心踢到了一块石头，公牛警觉地停了下来并往回看了看，然后继续向前走。当丹尼再发现它的踪迹时，已经是在一万米远的地方了，公牛在那儿突然开始跑起来。丹尼见状马上举起他的卡宾枪，拉开安全栓，把身上的负重减轻些，再次动身时，他的步伐顿时变得轻快了很多。因为他知道，公牛已经感觉到丛林之王的存在了，所以才开始奔跑逃命。

又走了十几米后，丹尼发现一只大黑熊的足迹和公牛的足迹混到了一起。丹尼弯下身子，伸开手按在黑熊的脚印上，这脚印比他的手掌还要大、还要宽。一定是丛林之王！丹尼站起身来，小心翼翼地继续往前走，唯恐不小心弄断树枝或碰到树叶发出声响，惊动了丛林之王。如果被它发现了，那情况就再糟糕不过了。他已经无数次地追踪过这只传奇般的黑熊，但每次都是无功而返，不过这一次应该是个非常难得的机会。接着，在三十几米远的地方，丹尼再次看到了他跟踪的那头公牛。

那头公牛仰面躺在丛林中的一片空地上。它的脖子已经被弄断了，一条前腿无力地弯曲在前面。很显然，那只黑熊再一次从他的眼皮子底下顺利地获取了食物。丹尼屏住呼吸从树林中看过去，希望能看到一点儿黑熊的身影。但遗憾的是，他只看到了被风吹动的树叶和躺在地上的死牛。同往常一样，那只狡猾的黑熊让自己与丹尼手中危险的步枪保持着安全的距离。

丹尼走上前去，低头看了看这头年轻健壮的荷兰公牛，它的脖子已经被铁锤般的大熊掌拍断了，肚子上有个血淋淋的大洞，丛林之王就是从那儿开始吃它的。

"不知道哈金先生知道了会怎么想，"丹尼自言自语，"又没了一头牛。"

他又看了看地上，这头可怜的公牛在不到十分钟的时间里就被黑熊杀死了，上百千克的好牛肉就这样没了。尽管这牛是哈金先生的，并不是丹尼自己的，可还是别被糟蹋比较好。丹尼用刀割开牛的肚子，让血流出来，以防止尸体膨胀。丹尼时刻端着枪，提防那可能出现的突袭，然后小心翼翼地离开公牛的尸体，走进了山林。

丹尼提着脚走了一里又一里，这是生长在山林中的人特有的步伐。他走过山林，穿过空地，又经过莫奇小河上的桥，才来到了哈金先生位于温特比的地界。托哈金先生的福，丹尼和父亲才得以住在这里。丹尼在那里站了一会儿，他之前也来过这里，这儿如此美丽的景色总让人心旷神怡，怎么也看不够。

哈金先生的田地一望无垠。围起的栅栏里圈养着良种牛，纯种马在小牧场里奔跑过后不停地喘着气。哈金家地界的中心是一个灰色的畜棚，比所有温特比地区的畜棚加起来还要大。畜棚一旁盖有六座小房子，那是哈金先生为在农场里工作的六个工人建的。哈金先生的家离这儿有些距离，是一座很气派的白色三角顶的房子，周边栽种着蓝叶云杉。丹尼盯着畜棚看了一会儿，然后注意力完全被一条向他走来的红色的狗吸引住了。

这条狗全身的毛发都是红色的，在阳光下闪耀着亮丽的光泽，如同上好的锦缎一般。它看了看丹尼，轻轻地摇了摇尾巴向丹尼走来，走到距离丹尼三四米远的地方停了下来，抬起头，露出它精致的五官。丹尼出神地看着这条狗。他了解狗，当他刚刚能做点事儿的时候他就养过猎狗，还经常带它们出去打猎。这条红狗可不是普通的猎狗，而是一条爱尔兰赛特犬，不过以前丹尼可从没见过这样一条狗——一条看第一眼就知道它全身优点的狗。丹尼走上前去，蹲下来抚摸着红狗的耳朵。

"嘿，伙计，"他说道，"你还好吗，大红狗？"

红狗抖了抖全身的毛发，耸着鼻子去嗅丹尼的胳膊。丹尼轻拍了它一会儿，接着站起身来。以前，他不喜欢家里的客人去调戏或抚摩他的猎犬，因为那样它们会被惯坏的，可能就不会再听指挥了。他想哈金先生一定也不喜欢别人逗弄这只红狗。丹尼径直走向马棚，哈金先生的管家罗伯特·弗雷勒正在那儿指挥两个马夫给两匹马装上马鞍。

罗伯特·弗雷勒向他打了声招呼："有什么事吗？"

丹尼站住了。有时候他真不喜欢弗雷勒的问候方式，虽说他是这个地方的负责人，又是哈金先生的助手，而丹尼只不过是个穷光蛋。

"我想见哈金先生。"他回答道。

"他过一会儿就会来这儿的，孩子。"

罗伯特·弗雷勒打了个响指，红狗在丹尼的腿边坐下。丹尼微笑地看着它。红狗并不害怕，它想待在丹尼身边，于是展现出一种高贵的姿态，似乎要告诉罗伯特·弗雷勒它想待在那儿。丹尼双臂叉在胸前，凝神看着哈金先生的草坪。他看到哈金先生同另一个人走出了房子，于是装作刚刚才发现他们的样子，假装吃了一惊。哈金先生是一位50岁出头、略微驼背、身材瘦削的男人，他说："你好，丹尼。"

"您好，哈金先生，我在丛林里看到了您的牛。"

"在哪儿呢？"

"已经死了，在石头山那边。大黑熊把它杀了。"

哈金先生看起来有些生气。大红狗站起身来，礼貌地走过去向它的主人问好，然后又重新回到丹尼身边。

"把狗先带回去，好吗，罗伯特！"哈金先生说道。

罗伯特·弗雷勒拿起一根短鞭就去抓狗的项圈。红狗紧张地后退了两步，这时丹尼的眼中充满了怒火，他注意到哈金先生对弗雷勒的粗鲁不以为然。罗伯特·弗雷勒粗暴地抓住了红狗的项圈，并弄伤了它，可是狗并不能说话，当然也不可能抱怨出来。

"难道就拿这只熊没一点儿办法吗？"哈金先生烦躁地问，"它已经杀死我五头牛和十九只羊了，杀死的每一只牛羊可都是好品种。"

"我爸跟踪它已经有十年了，"丹尼简单地回答道，"我自己也已经跟踪了五年，从12岁那年起。它太聪明了，我们没办法伏击到它，而且猎狗们又都怕它。"

"唉，好吧。这是给你的两美元。下次再有牛羊走失了我会叫你的，丹尼。"

丹尼把两美元装进口袋。"牛肉就在石头山那边。"他对哈金先生说。

"等取回来时我会看到的。"哈金先生和另一位先生朝马群走去，但又转过身来问："还有什么事吗，丹尼？"

"是的，"丹尼不假思索地回答，"哈金先生，您的那条红狗是做什么用的呢？"

"西尔维斯特的冠军吗？它是犬展比赛用的狗。"

"犬展比赛用的狗是什么意思？"

"就像射击比赛一样，丹尼。如果你的狗在比赛中胜出的话，就能得到一条蓝丝带。"

"您养这么好的一条狗就只是为了一条蓝丝带吗？您不感觉这是一种浪费吗？"丹尼鲁莽地问道。

哈金先生的目光突然柔和下来："你喜欢那条狗吗，丹尼？"

"我有些喜欢它。"

"忘了它吧。它会在树林里迷路的，也帮不上你什么忙。"

"噢，那是，那是。对了，哈金先生，这样一条狗值多少钱啊？"

哈金先生抬起头，"我花了7000美元。"他答道，然后扬长而去。

丹尼呆呆地立在那里，看着他们渐渐走远。他的喉咙哽咽了，心情变得有些沉重。以前，他一直将生活中的艰难和考验视为理所当然。因为这毕竟是他自己的人生，他能够坦然面对这些，也不会去想其他的。但自从他开始和父亲的猎狗接触后，就有了一个梦想。他希望有一天，自己能拥有一条足以让其他狗都黯然失色的好狗，他会珍惜它、照顾它、喂养它，然后所有爱狗的人都会跑过来看他的狗。这样一条狗，真是他做梦都想得到的呀。

这些年来，他不止一次地勾勒过这只完美的狗的样子。只要它符合这个样子，血统倒是一点也不重要。现在，丹尼至少知道，他梦想中的狗是这样一只西尔维斯特的冠军。

可惜7000美元对他来说实在是太多了，比他和他爸爸两人一辈子能挣的钱还要多。

丹尼又看了一眼狗屋，罗伯特·弗雷勒把红狗关在里面。丹尼不忍再看，强迫自己扭过头去，但是他还是看到了那一抹红色，一条充满渴望而敏感的狗被关在狗屋里。要是他能成为红狗的主人，他会……可惜他不是，也永远无法得到它。

丹尼的右手捏着口袋里刚刚挣到的两美元，慢慢走出了哈金先生的地界，走到了林子边。在那儿，他还是忍不住停下来回头看了看。哈金先生的住所在他眼前变得那么遥远。对于一个住在林间的小棚屋，以打猎、做零工为生的孩子来说，哈金先生家里面的任何东西都如同天上的月亮一样遥不可及。而7000美元对于一个逮住一只黄鼠狼只能得到75美分，但自己却已经觉得是天大喜事的人来说，简直就是一个天文数字。

丹尼沿着一条林荫小路向爸爸的住所走去。其实这地方也不是属于他爸爸的，他们只是暂时居住在这里。哈金先生已经把这一片林子全买下来了，一直到双石谷那边。不过哈金先生允许他们一直住在那儿，只要他们不引起火灾或滥伐树木就可以了。丹尼想，这也是哈金先生的一个善举吧。

不一会儿，他就走到了莫奇小河的木桥。丹尼站在小木桥上，靠着护栏看木桥下面潺潺的流水。他似乎在水里看到了那条红狗的倒影，那条可爱的红狗正开心地吐着舌头看着他，仿佛只要丹尼的指令一出，它便会箭一般地冲出去，并载誉而归。因为这样一条聪明的狗能学会任何事，它几乎拥有可以和人类匹敌的智商。

幻影渐渐消失了。丹尼又沿着那条路走回爸爸的木屋。简陋的小木屋没有刷过油漆，搭建在伐木林中的一片空地上。阿萨，一头长着斑纹的骡子，在草坪上悠闲地吃草；一头黑白相间的奶牛则紧紧跟在阿萨身后；四条蓝斑猎狗扯着链子，又跳又叫地欢迎着丹尼。丹尼默默地看着它们，这已经是温特比地区四条最好的猎狗了，可惜它们都害怕丛林之王。它们也只是普通的猎狗。丹尼走上前去坐了下来，靠在用斧头削出的杆子上，闭上了眼睛。他黑色的头发自然地垂落在额头上。三只瘦削的小猪走来亲昵地拱他的脚，猎狗们也不再叫了。

日落前，他的爸爸从林子里打猎回来了，肩上挑着一根扁担，扁担的一边有一个铁桶。他擦了擦额头上的汗，然后把桶轻轻地放到地上。

"我找到了20千克的野生蜂蜜呢，"他说，"我要拿到森特维尔那边去卖，16美分1千克。"

丹尼站起身来，看了看桶里黏糊糊的东西。

"不是应该等到秋天再去采吗？"他问道，"那时候林子里应该会有更多吧。"

"那是当然，"罗斯·皮克特笑着说，"到秋天会有更多的。"

"我想也是。"丹尼表示同意，"你饿了吗？"

"可以吃点东西了。"

丹尼走进屋里帮爸爸点炉火。他往炉里浇了一点煤油，然后点燃火柴，扔了进去。等火烧起来后，他拿出一些熟牛肉、新鲜面包、野生蜂蜜、牛奶和黄油，把它们一起摆上了桌。罗斯·皮克特安静地吃着，忙活了一整天，他可真是饿坏了，现在眼里只剩下食物。吃完晚饭后，两人都坐在了椅子上。过了一阵，丹尼问道："什么是犬展比赛用的狗？""我也不是很清楚，"罗斯·皮克特谨慎地回答，"倒是听人们提到过一些，这种狗的样子比什么都重要。它们的膝盖和脚踝间的距离要恰到好处，尾巴要优雅地垂下，身上的每根毛都必须完美无瑕。"

"那它们有什么用呢？"

罗斯耸了耸肩："有钱人养着玩呗。你问这个干什么，丹尼？"

"有一条狗，"丹尼深深地吸一口气，"你从没见过这样的狗。

它的眼睛看你时好像能把你看穿，它全身的颜色、线条，还有脑袋都完美至极……如果能拥有那样的一条狗，我愿意卖力工作100年。它的主人就是哈金先生，为了买这条狗，他花了7000美元呢。"

罗斯·皮克特抬起眼，脸色沉下来，摇了摇头。

"忘了它吧，我的孩子，"他劝说道，"哈金先生对我们很好。我们不要惹他不高兴，如果我们给他的任何一条狗带来麻烦，他都会生气的。再说了，那样一条参加犬展比赛的狗对猎人来讲也没有什么用处。"

"我看到它了，"丹尼坚持说，"我知道它对我来说将会很有用。"

"忘了它！"罗斯·皮克特严肃地命令道。

夜幕慢慢降临，丹尼回到自己的床上躺下睡觉。他听着外面凄厉的风声刮了许久，才渐渐入睡。他断断续续地做着梦，梦里有一条大红狗走上前嗅他的胳膊，但自己总也抓不住它。大红狗一次次地走上前来，每当丹尼想伸手抓住它时，那条狗都会灵巧地跑开。最后，丹尼爬上了一棵树，他正爬到一半时，突然狂风大作，树被吹得左右摇摆。丹尼半睡半醒地翻了个身，看到爸爸正摇着他的肩膀想把他叫醒。爸爸显得慌张又激动。

"丹尼！"他喘着气说，"快起来！哈金先生的那条狗，就是你说的那条！丹尼，它跟着你回来了，现在正趴在外面呢！快把它送回去！赶快！在哈金先生发现之前！不然我们麻烦就大了！"

丹尼赶紧穿上裤子，随手披了一件上衣，冲出门去。外面很冷，空气中弥漫着薄薄的晨雾。奶牛在干草堆里吃力地撑起身体，阿萨把头埋在畜棚的角落里。红狗就直直地趴在走廊边上，它见到丹尼后，站起来兴奋地摇了摇尾巴。它的问候中带着高贵，还有一些不确定。毕竟，这么多年，大红狗一直过着犬展比赛狗的生活，它不确定它前来投靠的、渴望能够陪伴一生的新主人会不会接受它。丹尼蹲了下来，打了个响指。

"你来看我了呀，大红？"他轻轻说，"过来吧，大红。"

狗儿走过去，把脑袋贴在丹尼的肩膀上。丹尼抚摩着它丝滑的皮毛，开心极了。大红则兴奋地舔着他的脸颊。

"丹尼！"罗斯·皮克特失控地叫道，"赶快把狗送回哈金先生那里！我去林子里，这样别人就不会认为是我把它给引过来的。"

"好吧。"丹尼顺从地回答。

罗斯口袋里装着捕蜜蜂用的盒子，挑着蜂蜜桶大踏步地穿过空地，逐渐消失在森林里的薄雾中。丹尼低下头，不舍地看着大红狗，试图努力驱赶脑子里要留下这条红狗的冲动。他一直都梦想有这样一条狗陪伴，但这根本就是不可能的事情，这条狗并不属于他。也许他能在今天拥有大红狗，反正回去以后，哈金先生也会把它关进狗窝里。不，他还是别这么想了，现在还是赶紧把它送回去为好。

可他的双脚似乎已经不再受他控制了，始终不肯朝莫奇小河的桥上走。一开始他很困扰，强迫自己走向小桥，可过了一会儿他就不再纠结了，因为这一天将是他人生中最美好的一天，无论会有什么惩罚都是值得的。丹尼和他梦想中的狗待在一起了，同时，他对哈金先生有些怨恨。这个只知道赚钱的男人竟然养了这么好的一条狗，却只是为了赢得什么蓝丝带。

看来丹尼是对的，而哈金先生错了。大红本来就是一个天生的猎手，而不像哈金先生评价的那样。它一下子就冲进灌木丛中，然后能够马上定住，准确地暗示了猎物所在的位置。丹尼走过去，正好看到两只鹧鸪尖叫着飞了起来，而大红还愣在那里。丹尼拍了拍它的头。

"你之前一定见过这些鸟吧。"他说。

不管大红在林子里表现得如何笨拙，今天对丹尼来说仍然是非常美好的。好的猎狗多的是，只要你知道上哪儿找它们，或是愿意花上足够的时间训练它们。可是像大红这样心智卓越的狗那可就绝无仅有了。丹尼看了看已经升起的太阳，才突然意识到两小时已经过去了。这一天对他来说实在是太短太短了，到了傍晚，他只能，也必须把大红送还给哈金先生了。

他们继续开心地到处闲逛，最后爬上了丹尼昨天追踪公牛的山脊。大红紧跟在他身边，丹尼向死牛的方向走去。要是哈金先生还没有派人来取牛肉，那一定就是不想要了，丹尼和罗斯就可以拿走他们需要的部分。正当丹尼准备走到林间空地边的时候，大红突然竖起毛，露出凶悍的表情，并且用头顶着他的膝盖。只见30步远的地方，丛林之王正用两只前爪紧紧抓着他的猎物。聪明的丛林之王不仅知道如何躲开猎枪，更知道丹尼现在身上没带枪。凶猛的黑熊立起后腿站了起来，挥动着它的前爪。丹尼只得退到一棵树边，无助地等待着厄运的降临。看来黑熊这回是要一次性解决他们之间多年的恩怨了。

大红狂吠了一声，一跃而起，跳过空地，勇猛地扑向了那只黑熊。丹尼想叫住它，可这时他的舌头已经不听使唤了，发不出任何声音来。在这紧张的时刻，黑熊弯下身子，然后在大红靠近它时跑回了森林里。

丹尼紧张地环视了一下四周，竖起耳朵，没看出什么异常，也没听到什么声响，他迅速转身跑起来，跑到石头山，穿过林地，跑向他爸爸的小屋。他一头钻进屋子里，抓起一支枪、一把子弹，然后又跑了回来。他在死牛旁边站了足足有五分钟，同时警觉地注意着身边的动静。可是森林里已经看不到任何熊和狗的身影了。

丹尼尽量让自己从刚才的惊慌中冷静下来。现在他并不担心丛林之王或哈金先生，他现在最担心的是大红。丛林之王故意把大红引诱到远处，一定会杀死它的。丹尼忍住眼泪，赶紧去寻找它们的踪迹。

最后终于让他找到了，它们离开林间空地后径直向着温特比背面的区域跑去了。因为跑得飞快，黑熊四脚蜷成了一团，把沿途的树叶都踢飞了。丹尼飞快地跑了起来，这已经是他最快的速度了，但他还是觉得自己的双腿太笨拙，步伐太缓慢。要知道狗和熊奔跑的速度比他整整快三倍啊。在离空地600米处，他看到黑熊的脚步似乎慢了下来；然后在距离200米的地方，黑熊第一次转过身来面对追它的大红。

在满是荆棘的荒路边有一棵巨大的山毛榉树，黑熊背靠着树干凶猛地挥动着双爪。丹尼怀着沉重的心情四处寻找可能掉落的红毛或是血迹，令人感到不可思议的是，他看到的只有红狗灵巧地跳起躲避或挑战黑熊的踪迹。黑熊逐渐离开了山毛榉树，它挥动前爪想把大红按在地上。大红也不甘示弱，在它面前跳来跳去，躲过了它的一次次攻击。在离树三十几米处，黑熊担心后背受到狗的攻击，同时担心人类会追上来，开始向后退去。这时大红乘胜追击，再次发起攻击，并一次次顺利躲开了黑熊那锋利的爪子。最后黑熊离开了这棵树。

"它知道我来了，"丹尼自言自语，"大红，你干得真好。只要我能靠近它……你一定要小心不能让它抓到你……"

沿着一路的大石头追踪是个缓慢而又艰难的过程。丹尼的前额流下汗来，他路过被撕开的荆棘、松动的岩石，偶尔还看到岩石上

的爪印，这些能让他找到丛林之王经过的路径。太阳逐渐升到了最高处，又开始慢慢地向西边沉下去。丹尼握紧了双手，想再快一点儿，可是这样他就可能错失地上的踪迹。而一旦错失了地上的踪迹，大红可能就永远回不来了。

黄昏降临时，丹尼终于走出了石林，再次进入树林。在这里，他能从掉落的树叶上分辨出黑熊的踪迹，于是他抓紧了枪，用最快的速度沿着踪迹跑起来。丛林之王沿着长长的斜坡径直爬上了山脊，并在山上面继续奔跑，然后它突然跳进了一片松树林里。黑夜渐渐淹没了丹尼，他弯下身子，吃力地寻找着每一处踪迹。当他完全看不到后，试图蹲下来用手摸出印记，可是做不到。

"打起精神来，丹尼。"他给自己打着气。

他靠着一棵大松树坐了下来，竖着耳朵想听清黑暗中是否传出任何狗叫或熊咆哮的声音，这样，他就能知道应该往哪个方向追击了。但是在寂静的黑夜里，什么声音也没有。他好几次站起身充满期待地看黎明是否已经来临，可黑夜还是如此漫长。他根本就睡不着觉，只能坐在树旁看着四周这些淹没在黑暗中的不知名的山谷和峡谷，不知道黑熊究竟跑向了哪里。在漫长的等待后，终于有一束微弱的亮光穿过松树林，照在了地面上。丹尼立即站起来，弯着腰在地上寻找黑熊的踪迹。天色越来越亮，他终于能再一次跑起来了。他跟着踪迹爬上一座山，又爬上另一座，他在山顶上不断行走，下来后又爬上第三座山。在这座山的顶峰，他听到了一声狗叫。

丹尼停下来，侧耳倾听。狗叫声断断续续的，但那无疑是大红的声音。丹尼低头看向身下那一片广阔的满是巨石的山谷，把手指伸进口中准备吹个口哨。不过他马上停住了，他意识到，如果熊和狗就在下面，听到口哨声，丛林之王马上就知道他已经来了，便会开始另一段没完没了的追逐。丹尼仔细地看了看山谷，那里只长着小树苗和樱桃树，可是每块石头都很大。黑熊是不会把一棵小树当成战斗场地的，它一定会选择背靠一块大石头。丹尼再次仔细地观察每一块巨石，随即目光落在其中一块上，他感觉狗叫声是从那个方向传过来的。

现在他走得十分小心而缓慢，因为一旦不小心发出声响，就很可能前功尽弃。他走下山，在到达山谷后，跪下来缓慢爬行，每挪动一次手脚都很小心，避免衣服因擦到树枝而发出什么声响。到达离那块巨石三十几米远的地方，他微微抬头，从石头缝中看过去，果然看到了丛林之王。

黑熊就站在离地面一米多高的一块石头上，这个硕大的怪物正低着头盯着地面。很快，丹尼也看见了大红，大红正趴在距离黑熊三米多远的地面上，它抬起头，谨慎地提防着黑熊的每一个动作，准备随时发起攻击或进行躲闪。丹尼把枪举起来时，手不由自主地颤抖了，这可是个千载难逢的好机会。

罗斯曾说过，一条犬展比赛用的狗的外表必须完美无缺，而现在一枪击毙黑熊的概率大概是百分之二；如果不能一枪毙命，那么这只黑熊会吼叫着挥动爪子从石头上摔下来。而大红在知道自己等来了救援的情况下，很可能会跳到熊身上与其搏斗。这样一来，要不了多久，在丹尼第二次扣动扳机前，大红极有可能被撕破腿或是刮伤皮毛，而外形不再完美无缺的它在哈金先生眼中就会毫无用处，丹尼也许就有机会得到它了。丹尼想了想，最后放下了枪，继续往前爬。

他在地面上向前悄悄地挪动，同时把枪举在前面，来到了离巨石六七米远的地方。丛林之王的注意力一直集中在大红狗的身上，这时，它突然抬起头来。黑熊的气味充斥着丹尼的鼻子，他紧紧地盯住这个宿敌的眼睛。大红已跑到丹尼旁边，对着他狂吠的同时仍紧盯着黑熊。丹尼的左手抓住大红的项圈，右手拿起枪，可这时丛林之王已经悄悄从巨石后面溜走不见了。

丹尼带着大红爬回山上，等他们回到哈金先生的住所时，夜幕已经再次降临了。丹尼几乎没有意识到他的衣服已经破烂不堪，而且已经两天没睡觉，也没吃东西了。他只知道他已经把哈金先生的狗安全地带回来了。他们走向狗棚，看到罗伯特·弗雷勒从房子那儿跑过来。

"你在哪儿找到这条狗的？"他激动地问，"半个庄园的人都在

找它！"

他走上前来，大红退到丹尼的腿边，朝着罗伯特·弗雷勒叫了起来。罗伯特·弗雷勒回转身，走到狗棚，从桩子上抓起一根鞭子，然后走回到他俩身边举起了鞭子。

"别伤了狗。"丹尼警告说。

"为什么？你……"

丹尼挥起右拳一下子打中了罗伯特·弗雷勒的下巴，弗雷勒顿时向后摔在了地上。他用双手撑着自己，眨了眨眼，然后他站起身，后退一步，握紧了拳头准备反击。这时他听到身后有一个人说："别打了，罗伯特。你可以回去了。"

丹尼慢慢转过身，看到哈金先生正靠在狗棚边。丹尼这时满眼泪水，虽然被人看到自己流泪，他觉得很羞愧，可他现在什么也管不了了，只是跪下来紧紧地搂着大红的脖子。

"谁也不准打这条狗，"他啜泣道，"它又忠诚又清白，哈金先生。它没有做错事，也不该挨打。"

"罗伯特是个好人，"哈金先生说，"他能办成事儿，也懂得很多，但是对于怎么和动物相处还有待改进。"

丹尼站起身来擦掉眼里的泪水。他是个男子汉，就得有男子汉的样子。

"我把您的狗带回来了，哈金先生，"他说，"它把大黑熊追到了死角，追到后还有足够的智慧和勇气去和黑熊一直周旋，这样的狗绝无仅有。我没有射杀那只黑熊，本来是有机会的。您还是能靠它赢得蓝丝带，您自己摸摸看，它一点儿损伤也没有。"

"不了，"哈金先生说，他目不转睛地看着丹尼，而不是大红，"我相信这条狗没什么损伤，狗也许会被抓伤，可是最终并没有受伤。丹尼，你想去纽约吗？"

丹尼看着哈金先生，第一次感受到了温特比庄园主人的魅力。哈金先生是一个懂得理解和爱护一条好狗的人，不会仅仅把大红狗看成是赢得蓝丝带的工具。不知为何，丹尼觉得哈金先生虽然并不在大红狗和黑熊战斗的现场，却清楚地知道刚刚在温特比的森林里究竟发生了什么。

"你和这条狗一起去，"哈金先生接着说，"罗伯特·弗雷勒会和这条狗参加赛狗会，我想让你一起去学学怎么做。然后你可以把它带回来，养在你家林间的房子那儿。接下来我会在狗棚里养好几条冠军级别的狗，它是第一条。我计划让你负责这件事情，相信你一定会照顾好它们。你瞧，我喜欢拥有一些好东西，丹尼，可是我没有时间去照顾好它们每一个。"

"我做不到，"丹尼严肃地回答说，"大红，它可是个斗士，哈金先生。恐怕我不能照顾好它，它会被抓伤或咬伤，然后就不能参加比赛了。"

随后丹尼静静地站在那儿，等待哈金先生训斥自己。但哈金先生非但没有丝毫不悦，他的回答反而让丹尼高兴坏了，"别担心这个，丹尼。把你的狗带回山林里，好好休息休息，然后再来这边。我让弗雷勒告诉你应该怎么做。"

二　这段旅程

太阳在石头山上方渐渐升起，像一个炙热的大火球高高挂在天上。丹尼蹦蹦跳跳地沿着莫奇小河往回走，那只野蛮狡猾的黑熊仍然出没在温特比地区，成为这一地区所有居民最憎恨的公敌。黑熊如同灾星，它神出鬼没，嗜杀成性，是住在这里的人们不得不面对和接受的事实。可以说，因为这只黑熊，住在这里的人时时要担惊受怕。

虽说生活依旧艰难，丹尼却已经不再孤独了。丹尼摇着脑袋，试图弄清楚这么神奇的事情怎么会意外降临到自己身上。他看了看跟在身边的大红，走到树林深处后，他情不自禁地蹲下身子张开双臂紧紧地搂住大红的脖子，心里却很清楚这并不是他的狗，就像他爸爸的骡子、猎狗和四头猪一样。作为大红的看护人，他可以随时把狗带在自己身边，这是多么让人开心的一件事啊！他终于实现了自己长久以来的愿望，哈金先生都亲口这么说了！

丹尼快乐地回到了住所，与大红跳着舞上了台阶，然后闯进了门。只见罗斯的步枪和子弹带靠在门边，另外一把已经上了膛的枪放在桌上，他的爸爸正在穿远足用的鹿皮鞋。

"爸爸，我要去纽约了！"丹尼兴奋地大叫道。

"你说什么？"

丹尼上气不接下气地坐在椅子上。大红跟着坐在一边，脑袋靠在丹尼的膝盖上，然后转过头去看着罗斯，似乎在期待受到新家庭另一位成员的欢迎。门外，四只被拴着的猎狗发出不愉快的类似恐吓的声音。阿萨扯着嗓子发出一声巨大的叫声。丹尼愉悦地哼着歌曲，挠了挠大红的耳朵，丹尼看着斜射进门内的阳光，感觉自己整个人好像在梦境里飘起来了一样，过了好一会儿，他的脚才慢慢地回到了地面上。他被罗斯温柔的话语带回了现实，"孩子，说明白点儿。"

"好的，爸爸，我要去纽约了。"

"这可没说明白。"

"可就是这样！"丹尼坚持说，"哈金先生要把大红送到那儿去参加比赛，那个弗雷勒会带它去，而我要跟着去看看！"

"你一定是在跟我开玩笑呢。"

"我才没有呢。昨天我正要把大红送回给哈金先生，结果它自己去追那只大熊，就是那只一直跟我们作对的黑熊。等找到它们的时候，我看到大红把黑熊逼到了一个死角里！"

"这只狗把丛林之王逼到了死角？"

"就是这样。"

"简直太难以置信了，"罗斯吸了口气，有点吃惊，"接着说，丹尼。"

"大红把黑熊逼到一块石头上，就在松林山谷那里，"丹尼继续说，"我本来可以开枪的，但担心不能一枪击毙那只黑熊，受伤的黑熊也许会伤到大红，所以我只是跟了上去把它吓跑了，然后把狗带回给哈金先生。那个弗雷勒，他大惊小怪地想要教训大红，接着哈金先生就突然出现了。他说他能看出狗没有受伤，然后就告诉我，他正在建一个新狗棚，想让我去照看这些狗。我首先要做的就是去纽约看大红参加赛狗会，然后我要把它带回来，让它在我们家生活。"

罗斯说："真没想到会这样！"

他看着地板静静地坐着，然后抬起头来，充满骄傲与欣慰地看着丹尼。他一生都是一个居无定所的捕猎人，直至20年前才在温特比这里定居下来。他知道自己的缺点和不足，自从丹尼出生以后，他就拼命地赚钱，可还是没法儿给他提供更好的生活。丹尼不仅仅继承了他的一切，还更像他死去的妈妈，那般美丽与聪慧。在罗斯的眼中，儿子是那么能干，他为自己的儿子感到自豪。无论是一条狗还是一个人，只要拥有过人的才能，终究是不会被埋没的。

"爸爸，"丹尼认真地问，"你说哈金先生为什么想要我跟着去呢？"

"我不知道呀，丹尼。也许他是觉得你会成为一个很棒的驯狗人，能够在那些大场合训导他的狗吧。"

罗斯若有所思地看着他的儿子。丹尼还是小孩子的时候就很擅长和狗打交道，如果他能够抓住这次机会……罗斯清楚地知道，那些替富人们驯狗的人一年赚的钱比有些捕猎人一生赚的钱还要多，因此他们也算是有钱人了。

"去睡觉吧，孩子，"罗斯心疼地看着儿子说，"你的眼睛比一只追蟋蟀追了三个晚上的老浣熊的眼睛还要红。"

"我还不累。"

"你当然不累，可是你已经连续两天两夜没有好好睡觉了，如果你要和大红一起去纽约，就得做好准备。现在是时候躺会儿了，养精蓄锐后才能做好后面的事情。"

"好吧，那就躺一会儿。"

丹尼躺到他的床上，大红温驯地蜷缩在床旁。丹尼把脑袋搁在床边，紧挨着大红背上的长毛，以便随时能确认他的狗还在身边。

丹尼猛地惊醒了，一股煎猪排的味道弄得他鼻子发痒，肚子也咕咕地叫了起来。大红正趴在门口，开心地用尾巴轻拍着地面。罗斯站在厨灶边，正把锅里的猪排翻了个面，屋外的空地上映射出傍晚时分太阳照出的长长的树影。丹尼从床上跳下来，往窗外望去。

"都晚上了！"

"当然了，"罗斯咧着嘴笑道，"对于一个两天两夜没好好休息的人来说，你表现得不错了。自从我到家，那条大红狗就坐在那里盯着我看了一小时。我想，要是我敢去叫醒你，它会冲上来咬我的。"

大红跑回丹尼身边，把鼻子凑到他的手边嗅着。丹尼把目光移开，大红就用前额轻轻地顶丹尼的手腕，想要得到更多关注和抚摸。罗斯骄傲地看着丹尼和狗，在他眼里，丹尼是一个天生的驯狗人，他拥有一个优秀驯狗人所应具备的所有品质。

"大红会成为最棒的战狗的，丹尼。"罗斯说道。

"战狗？"

"当然了，你不会只想着把它关在家里吧。这条狗应该出去打猎，这是它生来就具备的天性。"

"我想你说得对，爸爸。"

丹尼一个转身翻下了床，走到放在木架上的铁桶边，舀了一盆水。他一边洗手、擦脸，一边试图寻找合适的话题来帮助自己理清思路，但一时之间并没有找到。让大红成为一条战狗……当然，它会表现得很好，不然它也不敢独自和丛林之王交锋。丹尼坐下来津津有味地吃着爸爸准备的烤土豆和猪排。大红接到一块扔给它的肉，大口地吃了起来。罗斯看着它说："我太高兴了，能有这样一条好狗在身边。能帮我们很多忙，对吧。丹尼？"

"是的，爸爸。"

"太好了，"罗斯说，"今年我们还会有更多的战狗。我们养着它，哈金先生会付我们酬金吗？"

"这……我不知道。"

"他不用付，"罗斯道，"这样一条狗自然不会白养的。对了，两个小时前来了个哈金先生那边的人。他想让你明天一大早把狗带过去。"

"我想我们快要出发了。"

"那是当然。你会看到纽约形形色色的景象，丹尼。以前我曾经为见一个买皮毛的人差点儿去了纽约，但是我是没法儿一直住在城市里的。"

"我也不行。"

"我知道，丹尼。不过你能偶尔去那边看看还是挺好的。你吃完饭了，带着你的狗四处走走吧，我来洗盘子。"

大红跟在丹尼的身后出了门，走进了傍晚的暮色里。四条被拴在狗棚旁的猎狗表现得很生气，似乎妒忌大红拥有这样特殊的待遇。其中的领头狗老麦克咧开嘴露出长长的尖牙。大红跑上前去，麦克也冲上前来，两条狗都狠狠地抽动着鼻子，僵持了一会儿后，麦克败下阵来。它明白，这次它遇到了比自己更强的同类，所以它只得无奈地缩了回去，坐到地上，悲哀地看着大红在一片蔷薇丛里嗅来

第一章

嗅去。突然，一只兔子跳了出来，然后迅速跑向了树林里，大红紧跟其后。四条猎狗激动地叫着鼓励它。最后，兔子躲进了一个石头下的小洞里。

丹尼审视着眼前这情形，大红的表现还不够专业，它的优势在于嗅觉灵敏，反应很快，但明显缺乏经验。如果是老麦克，就会知道兔子跑得比自己快，然后会想出个策略，依靠计谋抓住它。不过丹尼相信，大红很快就能掌握捕猎的技能。

丹尼把大红带到草地上。那头奶牛伸直了腿，探出脖子，盯着这个新来的走入了它领地的家伙。而骡子除了食物以外，对任何动静都无动于衷，当然对大红的出现更是毫不关心，它只顾自己埋头吃草。丹尼带着大红在林子里溜达了一会儿便回到了住处，罗斯正坐在桌边削尖鱼钩，见丹尼回来，他抬起头来。

"它还好吗？"

"挺好的。它得更机灵点儿，不过它会越来越棒的。"

"那是当然。你该去睡觉了。"

丹尼打了个哈欠，"可我四小时前才起来的。"

"你应该再多睡会儿。"

丹尼把一张旧毯子折了折，放在他床边的地上。他脱掉衣服躺下来，手搭在床边抚摸着大红的背。他还不困，一个刚从上午睡到傍晚的人，不至于太困。大红舒服地低吟着，丹尼在床上翻来覆去，最终还是沉沉地入睡了。

第二天早上，他被大红爪子挠地的声音吵醒了。大红正拍打着房门，然后回到床边用鼻子推丹尼的肩膀。丹尼翻了个身坐起来，明亮的阳光已经从窗外斜射进来。

丹尼下了床，在厨灶里生起火，把煎饼糊装进碗里。罗斯睡眼惺忪地走进厨房，到铁盆边洗了把脸后坐下来和丹尼一起吃早餐。大红坐在一旁，偏着头看着他们。丹尼把煎饼丢给它时，它只是微微地倾斜了一下身子，张开嘴精准地咬住，然后低头专心享用自己的美食，不再搭理他们父子两人。丹尼拿起叉子，时不时用叉柄敲击一下桌子。

"爸爸，你去过赛狗会吗？"

"没，从没见过。现在我老了，真可惜以前年轻时没能到处走走开开眼界。怎么，你害怕了吗？"

"没有。"

罗斯笑了笑："穿上你的新衣服，整理好东西，然后就去哈金先生那里。我会把家里照看好的，你放心吧。"

"我不能把这么多事儿都丢给你一个人做！"

"小菜一碟，"罗斯打趣地说，"快去吧。"

"嗯，那好吧。"

丹尼穿上了一件还看得过去的西装，别扭地在脖子上系上一条蓝领带，然后带上罗斯用破了的旅行包。他有些僵硬地站在门前，手放在门把上。罗斯故作冷静地看着他。

"等你回来。祝你好运，丹尼。"

丹尼深吸一口气："谢谢爸爸。你放心吧，我不会给你丢脸的。"

"我知道。纽约是个好玩儿的地方。不过要记住，一条聪明的猎犬无论到了哪里，只要它的鼻子能嗅到风，就能辨别方向。我会为你祝福的。"

"我会好好干的。再见，爸爸。"

"再见。"

丹尼走出小木屋，大红快乐地跟在他的身旁。沿途有只松鼠穿过小路，大红快速地朝它扑了过去，但是灵活的松鼠马上爬上了一棵树，调皮地站在一根摇晃的树枝上，大红只好返回去追赶丹尼。不一会儿草丛中又钻出一只兔子，但这次大红不再理会。远处树林边上，哈金先生养的几头良种小牛正伸直了脖子朝这边看。丹尼走进了庄园，大红紧跟在身后，他俩渐渐放慢了步伐。哈金先生和罗伯特·弗雷勒这时候正站在畜棚边上。丹尼走上前去，一声不吭地站在一旁，而大红靠着丹尼的腿坐了下来。哈金先生转过身来笑道："早上好，丹尼。"

"早上好，先生。"

"请先把狗交给罗伯特好吗？我想和你聊聊。"

"好的，先生。"

罗伯特·弗雷勒拿着一根短皮鞭走了过来。大红见状，紧靠在丹尼腿边，抬起头来看了看丹尼，向他求助。弗雷勒把皮鞭一头拴在大红的项圈上，要它爬上畜棚对面的小木凳上待着，另一头系在一个铁环上。他走进畜棚，拿了一把钳子和一把剪子出来。丹尼疑惑不安地看向哈金先生。

"只是给它剪剪毛，"哈金先生说，"我们中午就出发去纽约。"

"是的，先生，爸爸跟我说了。"

哈金先生笑了："是吗，你父亲已经告诉你了？过来，丹尼。"

丹尼跟着哈金先生走向畜棚的门那边，他微微转过头去，以便能看到大红。大红警觉地扯着绳索，目不转睛地盯着丹尼。等丹尼逐渐消失在视野后，大红才发出一声哀鸣，无奈地趴了下来，让剪子在它的脖子上慢慢移动。哈金先生走进一间小办公室，坐在一张转椅上，并示意丹尼坐在另一把椅子上。他从口袋里拿出一包烟递给丹尼，丹尼摇了摇头解释道：

"不，谢谢了。我爸爸他既不抽烟也不喝酒。"

哈金先生若有所思地说："我越了解你爸爸，就越是发自内心地尊敬他。"他接着说，"丹尼，你知道为什么我想把罗伯特的工作交给你，这次让你一起去纽约吗？"

"我不太清楚。"

"嗯，我猜你也不知道。不过我以前曾在一个智者那里听到过这么一句格言：你能从一个人所交的朋友身上，看出他是怎样一个人；反之亦然。我这一生很少下什么赌注，除了在人的身上。通常我看人很少看走眼。而现在我就很看好你。"

"我不知道我能为您做什么，先生。"

"这个由我来操心，丹尼。人生到了我现在这个阶段，可以让别人来打理一些生意上的事情，而我要把精力用在自己真正喜欢的事情上，其中之一就是和狗相关的一些比赛和活动了。我想让你帮助我。五年以后，你能独自带着我的狗，或者说是我们的狗，去各地参加赛狗会和捕猎比赛。你觉得怎么样，丹尼？"

"我会尽力的，也不会让你失望。"

"我知道你会的，而你也必须努力。你要学的东西实在是太多了，从现在就开始。这一次赛狗会我只让罗伯特参加，由他来全面负责，而你这次去就是专门进行学习的。现在我想问你一个问题，对于赛狗会你到底是怎么看的？"

"看起来就是在浪费时间。"丹尼老实地回答。

"你错了，丹尼。也许你会认为，一次赛狗会的最高荣誉就是一条丝带、一个奖杯，或者对狗主人的一些赞誉。其实并不仅仅是这些，赛狗会还有更多深层次的含义。从某种意义上说，你可以把它当成是人生经历的一部分，是努力追求更好的一个过程。一场赛狗会能展现一个人的成就，而蓝丝带绝对不仅仅只是一条丝带，它还是个标志，丹尼，一个无法抹去的、代表辉煌时刻的标志。夺得冠军的狗会永远被记住。如果大红夺得了比赛的冠军，那么它就会成为所有爱狗的人和狗主人的标杆。你明白吗？百年以后，也许会有个人就站在我们曾经待过的地方，身边带着一条爱尔兰赛特犬，然后他会追溯这条狗的血统，一直追溯到很多年前一条好猎犬，也许就是大红。这时他便知道他已经拥有了世人认可的最好血统的狗。同时他也会知道，自己能做得更完美，对于所有的事情，人类都会这样追求。这并不是今天才出现或是从我们这里开始的，丹尼，这是从第一个梦想拥有一条爱尔兰赛特犬的人就已经开始的。我们所需要做的就是更进一步，如果大红能赢得那一条丝带，就能证明我们已经成功做到了这一点。"

"我明白了，"丹尼吸了口气，"我之前从来没有这样想过。"

"你最好永远以这样的方式思考，丹尼，"哈金先生继续说，"如果你能做到，那么终有一天你会成为最好的驯狗者。我现在要把大红送到旅行车上，我猜你很想和它一起坐车，对吗？"

"是的，先生。我挺喜欢待在它身边的。"

"我想也是，"哈金先生笑了，"等你这周末从纽约回来后，我会付给你第一个月的工资。"

"工资？"

"是的，我会先以养狗人的工钱标准每月付给你50美元。如果你能表现得更好，我会再给你加工资的。"

"天哪，哈金先生，这也太多了！"

哈金先生干脆地说："而我目前需要你做的就是，一起去看罗伯特是怎么做的。纽约见了。"

"好的，先生。"

丹尼走出了畜棚，站在门边看着大红。木板凳上的大红似乎有些不对劲。它还站在那儿，罗伯特·弗雷勒正用剪子和钳子给它修毛，丹尼之前在这条大狗身上看到的特质似乎在逐渐消失。一阵微风吹过，刚刚的幻觉仿佛消失了。大红抬起头来，摇着尾巴，在凳子上跳了一下。罗伯特·弗雷勒不满地转过身来。

"你听着，孩子。我接到哈金先生的命令，要把你一起带着。不过我也接到命令说你只能看着，要是没有我的同意，你别多管闲事地干扰我。"

丹尼坦率地说："我不会干扰你的。"

丹尼安静地坐在草地上，看剪子流畅地在大红的脖子上不停地工作着，金红色的毛一小撮一小撮地纷纷掉下来。罗伯特·弗雷勒做完以后，往后退了三米多，挑剔地审视着他的成果。丹尼的目光从他身上移到了狗身上。经过修剪后，大红的耳朵显得更长了，脖子的线条也更加流畅、更加突出，整体看上去干净了不少，也精神了不少。丹尼说："你有个地方没修到，就在它的右耳后面。"

"你能做得更好吗？"罗伯特不耐烦地责问道。

"我没那么说。我只是说它的右耳朵那儿没修好。"

"好吧，我自己能看到。我刚刚不是告诉过你，我没向你征求意见，你就别随便插嘴好吗？"

罗伯特·弗雷勒继续把那只耳朵修整好，然后走进了畜棚。丹尼偷偷走上前去，在水龙头下拎起一个铁桶，装了些水去给大红喝。大红用力地舔着水，丹尼一边挠着它的耳朵一边愤恨地扭头看了看畜棚。那个罗伯特，就算他了解赛狗会的所有事情，也不知道在这么热的天要多给狗喝点儿水，他一点也不爱惜狗。丹尼把铁桶放回水龙头下，回到草地上重新坐好。罗伯特从畜棚里走出来。一辆崭新的旅行车从房子那边开了过来，一个穿着制服的司机对丹尼笑着说："你要一起去吗，孩子？"

"是的，先生。"

"好吧，赶快上来吧。"

丹尼坚定地说："我等一会儿和那条狗一起上车。"

"好吧，可别说我没邀请你哟。"

罗伯特·弗雷勒解开大红的绳索，让大红爬到旅行车上去，大红一下子跳上了车，然后在后座上找了个位置坐下来，很快又重新被罗伯特系上了绳子。罗伯特坐到司机边上，转过身来嘲弄地对丹尼说："你到底上不上来？还要我把你也像狗一样拴起来？"

丹尼淡淡地说："如果你觉得合适，可以试试。"

丹尼从前排的椅子挤到了后面，这样他能够和狗挨得更近些。

旅行车慢慢驶出了哈金先生的地界，沿着柏油马路开始前进。接着他们开上了碎石路，在乡村道路上颠簸了一个又一个小时。丹尼静静地坐着，盯着窗外，好奇地欣赏路过的每个地方。他从没离开过温特比地区，或者说从没去过林中小屋周围20千米以外的地方。要知道，一个从没出去见识过的人根本不会知道外面的世界是什么样子的。他们进入了城市，不过旅行车没有逗留，直接开过去了。

那天晚上，他们终于走完了普拉斯基的高速路。大红睡在丹尼的身边，丹尼有些昏昏欲睡地看着那些似乎是来自纽约方向的灯光。到处都是灯，有一些在下面，有的高悬在空中。他想，人居然能爬那么高装灯，真是一件了不起的事情啊！司机又抽起一根烟，转头对丹尼说："这就是那个大地方，孩子。"

"嗯，先生，我看到了。"

大红动了动，在黑暗中抬起脑袋去顶丹尼。丹尼拉了拉它的耳朵，亲昵地抚摩了一下它的头。这里，就像罗斯说过的，可真好看。可是他似乎感受到了夜里温特比地区的微风，听到了夜晚丛林里传来的声响。他一出生就在那里，属于那里，和罗斯、猎犬一起，还有他们在温特比拥有的一切。不过他还是可以偶尔来纽约的，只要大红和他一起来。司机开着车熟练地在街道上穿梭着，一会儿开进拥堵的车流，一会儿穿过熙熙攘攘的人群。丹尼睁大眼睛好奇地看着。最终旅行车停在了一座巨大的亮堂堂的建筑前。罗伯特·弗雷勒一言不发地下了车，把大红从车上拉下来，带进建筑里去。

司机用手挡着火柴，又点燃了一根烟，惬意地向后舒展开身体。丹尼紧张地看着罗伯特·弗雷勒把大红带进那座建筑里，然后疑惑地看着司机。

"我得到指示，要把你带到哈金先生的房子那里去，孩子，"司机说，"希望那条狗不会发狂地咬罗伯特。如果它那样做了，罗伯特一定不会放过你的。"

"他不喜欢我，"丹尼认真地说，"我好像是他的眼中钉。"

"你是吗？"司机笑了，"我怎么不知道，难道是错过了一些有趣的事吗？"

"我们还会回到这里吗？"丹尼紧张地问。

"哦，当然了。哈金先生会把你带回来的。他还想让你看看赛狗会呢，别担心你的那条猎犬了。"

"他是条爱尔兰赛特犬。"丹尼纠正道。

"好吧，那就别担心你那条爱尔兰赛特犬了，我们走吧。"

旅行车再次发动了。司机开过拥挤的街道，将旅行车停在了一排棕色石头砌成的房子前面。司机下了车，丹尼也拎着旅行包跟了下去。他们走上一条长长的石台阶，台阶边立着几只石狮子。司机

第
一
章

按了按门铃，很快门就开了，一位管家出现在门前。

"嘿，比尔，"司机开心地打着招呼，"我刚刚从乡下回来，还带来了一个人。哈金先生吩咐我把他带到你这儿来。"

男管家礼貌地说："哈金先生还没有到，不过我很乐意来为你们服务，先生。你愿意跟着我来吗？"

随后他试图去帮丹尼拎包，但丹尼笑了一下，自己先了拿起来。

"我可以自己拿包。"

他跟着管家走过门厅，走上光滑的大理石台阶，然后进入了一个房间。丹尼放下包四处看了看，房子中央有个带帷帐的床，大概有他和他爸爸住的小木屋的一半那么大。

"你想在房间里吃晚餐吗，先生？"管家问道。

丹尼咽了咽口水，这里的一切对他来说简直太不真实了。一阵饥饿感突然袭来，从今天早上开始，他和大红一点儿东西都没吃。他确实非常饿了，大红一定也饿坏了。丹尼笑着对管家说："如果您能帮我拿一些食物过来就太感谢了，先生。"

管家也笑了，他那呆板的表情似乎突然消失了，对丹尼狡黠地眨了眨眼："一会儿你先洗一洗。我会给你拿一些吃的。你想吃什么呢？"

"嗯……嗯……要是能有一些猪排就太好了。"

管家转身离开了。丹尼走进卫生间，在一个陶瓷的盆子里洗了洗脸和手。他惊喜地看着冷水从水龙头里流出来，感到十分好奇，盯着水龙头看了好一会儿。在他模糊的印象里，他的妈妈可从没用过这么高级的东西。他和罗斯通常是从一口井里打水上来。不过话说回来，山野林地仍然是个好地方，一个人不可能奢望拥有所有的好东西。他擦干净脸，把湿头发梳了梳，回到了卧室。卧室里的桌椅已经摆好了，桌上摆着丰盛的食物，丹尼开始狼吞虎咽起来，啃光了每块猪排上的最后一点肉，还吃完了一堆炸薯条。他默默地想，自己以后也要学会这样做马铃薯，这样，罗斯也能尝尝这种美味了。吃完饭，他看着窗外，静静地坐了一会儿，然后管家进来把桌子上的残羹剩菜拿走了。

丹尼脱下衣服，在奢华的床上躺了下来。房间看上去像是在旋转，大红正紧张地看着他，用温驯的眼神和轻轻摇摆的尾巴向他表示友好。丹尼转了个身，闭上眼想把这景象从脑袋中赶走，却怎么也赶不走。他在黑暗中坐起身来，靠着床头休息。他只知道，如果大红从他身边被带走，那么他和大红都没法儿再开心了。那个罗伯特虽然很熟悉赛狗会的要点，但一点儿也不懂如何和狗打交道……

丹尼冷不丁打了个喷嚏，便重新钻回了被窝。

三　赛狗会

　　丹尼整夜躺在柔软的大床上，尽管有时会有困意袭来，不过大部分时间里，他都盯着黑黑的天花板发呆。有时他会想到罗斯，还有丛林里的那个小木屋，这时丹尼就会不安地动一动。也许罗斯很清楚应该去做什么，以及该怎么做，可是离别时，他送给丹尼的唯一一句话就是：一条聪明的猎犬无论到了哪里，只要它的鼻子能嗅到风，它就能辨别方向。丹尼扭了扭身，想让自己纷乱的思绪平息下来。哈金先生让罗伯特·弗雷勒去赛狗会一定有他的道理，就像他准备让自己照看和培养大红一样。

　　丹尼清楚地记得温特比那个修毛的板凳。大红那时在罗伯特的手掌下一动不动，仿佛只是一尊有生命的雕像，而不是一条狗。大红身上那些绝妙的东西，它的特质和优点，在罗伯特修剪时都统统不见了。

　　划破黑暗的第一道曙光穿过窗户，外面安静的街道很快就有了生气。丹尼在这时候才陷入沉沉的睡梦中。

　　很快，丹尼被一阵美妙的音乐声吵醒了，音乐是从墙上的扬声器里发出来的，音量越来越大。他揉了揉眼睛，困惑地看着自己住的房间。从收音机里传出的一些音调对他来说非常熟悉，就和温特比的鸪的叫声一模一样，总会在清晨传入他耳中。他坐起身来，光脚踩到了地上。这里可不是温特比，这里是纽约。大红是来这里赢蓝丝带的，如果它赢了，以后所有爱狗的人就都能知道它有多棒了。丹尼会在这里为它喝彩的。他走进卫生间，洗了把脸，然后从旅行包里翻出一件干净的衬衣穿上，并打上了蓝色的领结。这时，有人轻轻地敲了敲门。丹尼打开门，看到哈金先生，他愉快地跟自己打招呼："早上好呀，丹尼。怎么样？昨晚睡得还好吗？"

"挺好的，先生。"

哈金先生走进房间，坐到了床边。他点了一根烟，抽了两口，然后把它灭了。他的脚有些不安地敲打着地面。丹尼盯着他看了看，又挪开了目光。哈金先生看起来明显是有什么烦心事，他站起身来，在房间里不停地踱着步子，然后又坐回到了床边。

"你觉得纽约怎么样？"他问。

"我还不太了解它。"

哈金先生笑了："你的回答很在理。"他沉思了一会儿，然后又说，"丹尼，大红今天要出场了。我告诉你，它将为每一次胜利而战斗。这个国家最好的爱尔兰赛特犬，还有一些其他国家的名犬，都在这里了。不过，丹尼，如果大红今天能赢到三分，我们就会得到一个冠军了！"

丹尼有些困惑地皱起眉头："我以为它已经是冠军了呢。"

"不，"哈金先生道，"我总叫它冠军，而它确实也是这块料，但它还没有被写进美国肯奈尔俱乐部的冠军纪录中。你瞧，根据赛制的规定，每条狗在每场赛狗会中的得分都会被记下来。一条狗需要在不同的裁判评审下赢得两场三分制的比赛，另外再赢得九分，然后就可以正式成为冠军了。大红已经赢了这九分和一场三分制的比赛。在今天这场赛狗会上，它有百分之五十的胜率。它一定要拿到三分！"

"这是怎么打分的呢？"丹尼问。

"以狗的综合表现来进行评判。裁判会观察它的头、眼、耳朵、脖子、身体、肩膀、前后腿、尾巴、皮毛、颜色、大小、气质以及综合表现来对它进行打分。如果两条狗在体型上的评分一样，那条更具'狗的优秀特质'的就会赢。在这个过程中，我希望你能仔细地观察裁判员和驯狗人，并从中学习知识，丹尼。大红不比赛场中的任何一条狗差。"

"这点我知道，先生。"

哈金先生看着丹尼，而丹尼也被这个老人吸引了。此时他们俩不是因一场驯狗比赛而走到一块儿的主仆关系，而是一对因为一个共同目标而被紧紧联系在一起的朋友——对一条好狗的由衷的热爱。丹尼舔了舔干涩的嘴唇。你能在各地找到最优秀的狗，让每一条狗的每一根毛发都长得完美无瑕，但即使它们全都一模一样，仍有两三条会显得特别突出，而且还会有一条将超越其他所有的狗。那个被哈金先生称作"狗的优秀特质"的东西……也许每条狗都拥有它，但是不一定能在比赛中马上展现出来。

"您觉得比赛前我们能看到大红吗？"丹尼问。

哈金先生紧张地咳了两声，目光移开说："我想不行。罗伯特已经习惯让狗免受任何干扰，尤其是在赛狗会这天。不过比赛一结束你就能看到它。"

"好的，先生。"

"过来坐下和我一起吃点早餐吧。"哈金先生建议道，"吃点东西我们都会感觉好一些。嗯，丹尼，我这时候就像一个16岁的第一次出征的孩子一样紧张。"

他们吃了早餐，然后哈金先生回到他的房间，去联系一些自己的业务，丹尼则在房间里不停地走来走去。一间大房子的墙上挂着一些马和狗的图片，丹尼看到壁炉架上面的一个小相框，里面有张老照片。照片里是个十五六岁大的男孩，破烂的裤子下伸出光光的脚丫，一只手拿着鱼竿，另一只手拿着一串太阳鱼。丹尼看了看这张照片，并举起它对着光仔细观看。他把照片放回壁炉架时，已认出那张照片里的人是少年时代的哈金先生。原来奢华庄园和大片温特比地产的主人也不是一开始就这么富有的。

丹尼坐在沙发上，看着这些书、照片，还有奖杯，哈金先生这些年来的经历非常丰富。同时，他也想到了自己，自己已经不再是那个从温特比出来的人了，他懂得更多的知识了，而且这些知识还在不断增长。他又想到了大红，眼睛顿时发光了。在温特比的时候，一条狗不管长成什么样子，人们总是根据它的狩猎能力来评判它的价值。但如果有一条狗既有高超的狩猎能力，又拥有像大红一样出众的外形，甚至头脑、勇气和心智呢？如果这样的狗在赛狗会中被选出，那么只有傻瓜或白痴才会嘲笑或看轻它。

丹尼的眼眶逐渐湿润了，他似乎又看到了大红正卧在他的身边，陷入了麻烦里，需要他的帮助。他站起身来，在屋里不停地走来走去，他透过墙柜看到了哈金先生的一些书和奖杯。只有在温特比，他才能清楚地知道自己该做些什么，而现在在这里，没有人会告诉他该怎么做！在这里，他只是个看客。丹尼沮丧地握紧了拳头，但不一会儿又放松下来，似乎只要赢得哈金先生的好感，他就不会有这样的感觉了。大红正面临着重大的挑战，而丹尼必须尽自己的全力帮助它获胜。

时间过得无比漫长，这时候管家进来通知吃午饭了。哈金先生显得更沉着了，但眼睛里仍隐藏不住兴奋的光芒。丹尼吃了些烤牛排、土豆泥、芦笋，还有一个美味的奶油布丁。他问了问那种布丁的做法并暗暗记下，这样回到温特比后，他就能给罗斯做一些了。这时，哈金先生抬起头来开始侃侃而谈。

"丹尼，就像我和你说过的，赛狗会的基本理念就是要选出最棒的狗。现在已经是淘汰赛阶段了，处于劣势的狗会被不断地淘汰出局，而最好的狗将获得最终的奖励。当然了，你不能把七十五条狗都放在一起，然后选出最好的。所以狗狗们会被分成不同的几组。小狗组的选手是大于六个月但小于一岁的合格的狗，不能有从国外引进的狗，除了加拿大的。新手组的选手应该是没有在任何美国养狗俱乐部的比赛中获得过冠军的狗，而这一组中的冠军常常是黑马。限制组的比赛除了美国养狗俱乐部的冠军以外都可以参加，而且并不限制国外引进的其他品种。而冠军组，当然了，就是要在冠军里选出最好的。按照惯例，在所有组别里，公狗和母狗会被分开来进行评判，你知道为什么吗？"

"我想我知道，"丹尼兴奋地回答，"它们不一样。公狗应当大而强壮，像男人一样健壮。而母狗虽然也可以强壮，但是……它们的区别就像男人和女人的区别。很难把它们放到一起进行评判。"

"说得对，"哈金先生点头表示认同，"但是公狗和母狗的获胜者当然会选出最好的血统。不过还有另外一个组，开放组，大红参加的就是这个组的比赛。在这个组里，你总是能看到最激烈的竞争，这次也不例外。国外引进的狗同样可以参赛，伦敦来的阿特·木金带着海瑟布鲁也来参赛了。丹尼，它跑起来像火焰一样，是我看过的除了大红以外最棒的爱尔兰赛特犬。嗯，丹尼，你还有什么想问的吗？"

"现在没有了，先生。"丹尼回答道，"也许看完比赛就会有想问的了。"

"那我们出发吧。每个人都有权利拥有自己的小憧憬，我想在大红进入赛场的时候进去。它需要点儿运气，我们现在出发的话应该时间正好。"

他们走出前门，坐进一辆等候在那里的黑色闪亮的豪华轿车。司机发动了车子，哈金先生靠在后座上闭目养神。丹尼看着窗外，贪婪地欣赏着纽约白天的景象。他的目光从路口穿着蓝色制服的警察身上转到路边骑着摩托车的男孩。司机突然停了下来，丹尼向前看去，一个穿着制服的警官正在路旁指挥着交通。明亮的红色救护车正从他们这条路上匆匆开过。哈金先生看了看手表，喃喃自语了一下。最后轿车在一座大建筑物前面停了下来——丹尼认得出这地方——这就是罗伯特·弗雷勒把大红带进去的地方。他喘着粗气，试图让自己忐忑不安的内心平静下来。这是一座大建筑物，简直像所有温特比的建筑加在一起那么大，包括哈金先生的畜棚。他甚至都不知道该如何进去。

他和哈金先生一起下了车，司机把车迅速开走了。他们走到门口，加入到排队的人流中。丹尼能隐约地听到里面有狗在疯狂地叫着，要么是很兴奋，要么是很难受。他仔细地听着，但那并不是大红。他紧跟着哈金先生，穿过一条走廊，来到两个赛狗场之一的正前方的位置坐下，一坐下来他立马就看到场地里面的大红了。

大红的脖子上套了一根很短的皮绳，正在罗伯特·弗雷勒的左边围着赛场散步。赛场上还有另外13条狗被驯狗人领着散步，等待评判。丹尼的目光跳过其他的狗，直直地锁定在了大红的身上。他紧紧地攥着拳头，指甲深深地陷入了手掌中，指关节已经发白了。让他最害怕的事情还是发生了。赛场中的这条狗已经不再是那条在温特比摇着尾巴上前欢迎他的狗了，它已经不是当初那个大红了！丹尼知道，它只是一个被教导着要围着赛场走的有生命的玩物而已。丹尼急得额头上渗出了汗珠。

一张小纸片被一阵清风吹起，飞过赛狗场，落在了大概十米远的地面上。三条狗看着它，但大红没有。丹尼把目光从他的宝贝身上挪开，看向了其他的狗。

他艰难地咽了咽口水。他从没有见过这么多的好狗——要不是亲眼看见了，他真不敢相信自己的眼睛，居然有这么多！他的目光掠过一条两腿略微往外突出的狗，它们的步伐和大红以及赛狗场中的其他猎犬比较起来有些怪异。他看了看哈金先生，想努力控制住自己的目光不要回到赛狗场，但是没能成功。他的目光很快被大红后边的第三条狗夺走了。

这条狗浑身是金栗色的毛，脸部下方有一道白色，第一眼看上去几乎和大红一样好。它身材高大，脖子长，头部狭小。它的前肢笔直而强壮，走路时光滑而漂亮的毛发舞动着。它的脚坚实、强壮而小巧，健壮的胸脯上精致地排列着肋骨，为肺部留出空间。它长长的腰部延伸开来，在接近强壮的后腿处漂亮地翘起。它的尾巴轻轻垂在身后，随着它的行走轻柔地摆动着。

丹尼推了推哈金先生，小声问道："大红身后的第三条狗是不是海瑟布鲁？"

"是的，"哈金先生答道，"我告诉过你它很棒吧。"

"确实是。"丹尼吸了口气。

又一张纸被吹过了竞技场，此时猎狗们首尾相连地排成一队站在裁判面前。丹尼看到裁判和带领那两条腿部突出的狗参赛的训练人交谈了几句，然后其中一个领着他的狗围着赛狗场又走了一圈，接着两位都离开了赛场。丹尼赞同地看着裁判，这样的缺陷并不容易被看出来。但如果赛狗会的目的是决出完美的狗，那么让这两条狗及早退出是正确的。裁判在第一条狗面前跪下，打开了它的嘴。丹尼看到了白花花的牙齿，觉得下排牙齿略微比上排牙齿突出。他小声对哈金先生说："这狗看起来下颚突出。"

哈金先生咧嘴笑了笑："也许我该问你一个问题。你究竟是从哪里学到美国养狗协会的规则的，丹尼？"

"我没有学过。但是一个人得知道对狗来说什么比较重要。如果一条猎狗不能跑或咬，那就最多只值15美元。你得看到一条狗的这些特质。"

裁判的手抚过狗的头、耳朵和脖子，然后抚过胸膛，这时驯狗人在后面蹲下，轻轻拉住狗尾巴。裁判挪到狗的后面，而驯狗人则快步走到狗的前方稳住它的头。

"他在展示脖子的曲线，"哈金先生解释道，"并稳住狗。"

裁判又回到前方，抬起狗的胸膛，然后轻轻放回到地上。接着他走向下一条狗，前一个驯狗人则俯下身，蹲在那条已经被检查并评过分的狗前面。裁判顺着队伍往后进行评判，当他俯身面向大红的时候，丹尼紧张地看着。大红已经摆好了完美的姿势，它的前腿和脚垂直于地面，顺着肘关节而下，它的后腿也是垂直的。它的脖子向前上方伸展着，尾巴微微向后倾斜。但仍然缺了点什么，这种东西很难说清楚究竟是什么，但是大红不具备。

裁判检查完了最后一条狗，然后第一个驯狗人带着狗围着赛场小跑了一圈。他停下来，裁判再次检查了狗的口齿部位。驯狗人把狗带到板凳后面，接下来的驯狗人开始一个个带着他们的狗慢跑。

丹尼兴奋地向前倾着身子仔细地观察着。海瑟布鲁、大红和另外两条丹尼叫不出名字的狗进入了最后的决赛。哈金先生说过，大红要想夺冠还需要运气。丹尼十指交叉，当他把头扭过左边肩膀吐口水时，他看到坐在他身后的流着汗的胖男人正直直地盯着他。丹尼的脸马上发红了，转过头来继续看比赛，额头上布满了汗珠。这四条狗是进入开放组比赛的最好的狗，不过第一名是……

丹尼紧张地看向大红，它依旧是罗伯特·弗雷勒专业的手中掌控的缺乏生命力的美丽雕像。海瑟布鲁抬起了它的头，专横地看着裁判，又威风凛凛地扫视了一下观众。丹尼屏住了呼吸，再次紧紧地攥住了拳头。这条来自英格兰的狗是鲜活机警的，似乎是在命令所有人必须给它蓝色丝带。但它还是不如丹尼见过的大红曾经的那种鲜活机警。丹尼抓住椅子前部，似乎能把他的意愿和想法带到大红那去，让它接收到他的讯息。裁判俯身面向大红，然后又向海瑟布鲁走去。

丹尼突然说："我一会儿回来，先生。"

他起身沿着椅子前面狭小的通道急忙冲出去，大家都好奇地看着他，有一个带位员试图阻止他，不过他完全不予理会，只是一个劲地向前跑。最后他停在一条走道上，上气不接下气地回头看着赛狗场。这时，他看到奇迹发生了！

大红突然有了生气！毫无疑问，他还是那条罗伯特·弗雷勒牵进来的狗，但它身上又重新焕发了刚刚缺失的东西！大红又变回了丹尼在温特比刚见到它时的模样，全身容光焕发、神采奕奕。这时候，丹尼看到裁判笑了，并把蓝色的冠军丝带递给了罗伯特·弗雷勒。

丹尼呆呆地站了一会儿，看着赛狗场里那条开心的狗儿正朝他这边伸着身子。罗斯说过，一条聪明的猎犬无论到了哪里，只要它的鼻子能嗅到风，它就能辨别方向。罗斯是对的。被风吹过竞技场的纸片告诉了丹尼此时竞技场里的风向。他所需要做的就是马上站在风口，让风把他的气味带到大红身边，让大红知道它崇拜的那个男孩就在它身边。

第二章

一 丹尼的担心

三天来，丹尼一直在竞技场中快乐地游荡着，不管罗伯特·弗雷勒是不是在场，是不是在大红的席位旁。

他看到一些从来都没见到过的狗：个头非常小的吉娃娃，它们五个加起来还不如大红个子高，它们的体重估计并不比一只大雪兔重；笨拙的圣伯纳德犬，它脾气很好，嘴巴很大，似乎能一口吞了吉娃娃；威严的爱尔兰狼犬，丹尼仔细研究了这种狗，非常想得到一条去猎熊；体形漂亮得足以让他爸爸的狗相形见绌的猎犬；身形结实而瘦削的灰狗；柯利牧羊犬简直美得无以言表，还有腊肠犬、米格鲁猎犬、贵宾犬、矮脚长耳猎犬、西班牙猎犬，每一种狗都能给他带来完全不同的感受，同时他还能从别人口中听到它们那些神奇的故事。他看到大红被带去与所有组别的爱尔兰赛特犬冠军进行比赛，并得到了代表所有狗中最好的紫色丝带。接着丹尼看到大红与同样获胜的母狗竞争，那是一条活泼的小猎犬，几乎和大红一样完美，并赢得了蓝色和白色丝带，代表着最好的血统。大红在比赛中展现最佳风采的时候，丹尼都在场。当所有的赛事都完成以后，丹尼快乐地与哈金先生一同回家了。这几天对他来说，简直就像在做梦一样。大红虽然没有获得所有的荣誉，不过它已经赢得足够多了。它获得了名正言顺的冠军。

丹尼轻松地靠在哈金先生豪华轿车的后座上，看着眼前繁华的纽约。这是一个迷人的新世界，他将来一定会再来这个地方。在他掌握了足够多的知识，在这种比赛上当哈金先生的驯狗人的时候……眼前的画面又逐渐变得模糊了。这时丹尼仿佛看到了家乡的莫奇小河，桥下是潺潺的流水，山毛榉林的树根，水底深处藏着的鲑鱼。他看到落日的余晖将石头山染成了橘红色，想到乌云聚集在莫奇山脉的上方。纽约是很漂亮，但他在这里的工作已经完成了，在温特比还有其他的任务在等着他。罗斯此时应该正在丛林里设置陷阱，他需要自己的帮助。大红不仅是一条能够赢得比赛的狗，还应该成为一条猎犬，还需要进入到树林里去学习更多的东西，了解更多生活在那里的动物。

丹尼又向座椅后面靠了靠，突然他紧张起来，因为他看到哈金先生合上正在看的报纸，将它放在旁边的座椅上，扭头看了看自己。

他们安静地坐了一阵子，然后哈金先生有点无聊地说："比赛结束了，我们达到目标了。"

"是的，先生。"

"大红现在正式成为冠军了。"

"是的，先生。"

哈金先生好奇地看着他问："怎么了，丹尼？"

"我在想，"丹尼迟疑地说，"那条小母狗，和大红一起争夺冠军的那条，它的身材很小，肋骨太紧密，肺部空间不大。不过你知道吗？如果我们有这样好的一条母狗，加上大红，让两条这样的狗……"丹尼停了下来，觉得这样的事似乎有些难以想象，"如果有这样的两条狗，就能生出和大红几乎一样完美的小狗，甚至会更好。"

哈金先生说："要买下马格鲁德先生那条母狗的钱可不是个小数目啊。"

"我只是想想，先生。"丹尼渴望的目光黯淡了下来，叹了口气。

他们坐在车上又安静地穿过了几条街区，哈金先生静静地凝视着窗外。他的整个心思都放在了让大红夺得冠军这件事上，这对他来说是如此重要，以至于超越了其他任何事情。现在大红得了冠军，在一阵胜利的喜悦之后，哈金先生和丹尼一样，开始琢磨更好的狗，更好的事情。

"到温特比有多远？"丹尼突然问道。

　　"大约五百千米。"

　　"哦，"丹尼说，"我没想到这么远。"

　　"当然，"哈金先生轻松地说，"罗伯特想在城里待一阵子庆贺一下，也许我们还会在这里待上一个星期。当然了，如果你愿意也可以留下。不过我想，像大红这样的新晋冠军，需要较大的活动空间，为下一场比赛做准备。所以如果你想坐火车，今晚就可以把它带回家，我可以现在给你第一个月的工资，然后你们俩就能回去了。"

　　"您是说马上吗？"

　　"是的，"哈金先生回答，"我很高兴你和我一起亲眼见证了这一切。一个驯狗师的首要工作就是照顾好他的狗。"

　　"我会照顾好大红的！"丹尼喘着气说，"它会得到最好的照料。您觉得我能让它成为猎狗吗？"

　　"当然了，我想这对它而言是件好事。不过你现在应该知道为什么它的外表不能有任何损伤了吧。"

　　丹尼显得有些为难："我跟您说过。如果您让它待在温特比，它可能会遇到野兽，会被咬伤或抓伤的。"

　　"我明白，丹尼，并且愿意承担这个风险。但我不希望不必要的伤害发生。当然了，如果我在温特比，会经常看它的，而我不在的时候希望你能每个月向我汇报。"

"我可以每天向您汇报。"

"那倒不用了。"哈金先生的眼睛闪着亮光，他轻声对司机说了下，大轿车便在一个药房前停了下来。哈金先生走进药房，等他回来后司机便把车开回了家。他们下了车，哈金先生按下门铃。等了一阵子，他们就听到沙沙的脚步声，门一打开，大红就猛地扑到了丹尼的怀中。管家激动地站在门内。

"狗是刚刚被送过来的。"他略带歉意地解释说，"我还没法控制它。"

"没关系。"

哈金先生走进房子。欢快的大红尽可能地挨着丹尼，没几分钟就拍打着地板，抬起头去舔丹尼的手。它跳到丹尼坐的椅子上，抬起头，时不时地喘着气。丹尼吃完饭以后，迟疑不决地说："您有没有什么要交代我的话，就是关于该怎么照顾大红的。"

哈金先生看着丹尼和开心的狗。"我已经看过了。"他说。他看了看手表，"我不想催你，丹尼，不过你的火车开车时间是在半小时后。"

"好的，先生，我准备好了。"

"包就放在这里，我会帮你带回去的。你最近不需要用它吧？"

"不需要，先生，"丹尼笑了，"在温特比不用。"

"很好，我们走吧。"

大红爬上车，跳到椅子上，把头靠在丹尼的腿上，车子向火车站快速开去。哈金先生已经为丹尼买好了票，然后把票和一卷钱塞到了丹尼的手中。

"这是你的票和你第一个月的工资。"他说，"我会安排好大红的。"

他走进办公室，打了个电话，然后向丹尼和大红走来。一位乘务员跟在身后。

"我已经安排好让大红坐进行李车厢里，"他说，"记得在温特比车站把它接下来。"

"我也能坐进行李车厢吗？"

"你在那没法儿睡觉的。"哈金先生不同意。

"我在什么破地方都能睡觉的！真的！我们能一起坐行李车厢吗？大红可能……可能会咬坏行李车厢的一些行李的，如果是那样，我们的麻烦就大了！"

"这……"哈金先生看了看乘务员，乘务员笑着说："来吧。"他们穿过一个门，乘务员对行李车厢里的保安说了几句，他转过身来挥了挥手。

"你们都可以来。快点进去吧。"

丹尼把大红抱起来举过门。它站在门那边伸着长长的舌头往后看，看到丹尼检完了票来到它身边，然后轻轻地摇了摇尾巴。丹尼对送行的哈金先生摆了摆手。

"我想谢谢您，所有您为我安排的这一切。"他有些不好意思地说。

哈金先生笑了："想想你见过和学到的东西吧，丹尼。"

"我在想这些事呢。"

"很好。温特比见了。祝你好运。"

"再见。"

丹尼爬进车厢后，守卫关上门，然后有些赞赏地看着大红。

"你的狗吗，孩子？"

"不，先生，我是帮哈金先生照看它。"

"嗯，"守卫抿嘴笑了，"哈金把你召到他那儿驯狗去了呀！如果他没有，你不可能带着他的狗进车厢。不过我想，拥有半条铁路线的资产能让人拥有很大的权力。好了，你自己在车厢里舒服地待着吧。"

丹尼坐在车厢里的木箱上，伸直了双腿。大红躺在他身边睡觉。火车渐渐开动了，传来车轮碾压铁轨的声音。过了一会儿，丹尼从木箱上下来，把头靠着木箱打着盹。这时候守卫递给他一条毯子："这样会软一点儿。"

丹尼把毯子叠起来放在头下，整个晚上大红都紧紧地挨在他身边。火车隆隆作响地向前行驶着，中途停了好几次，门打开放

第一章

进新的行李时，大红会轻轻地咕哝几声。黎明的曙光渐渐照进窗内，车内的灯光暗了下来。丹尼醒了，他站起来看了看车厢，大红站在他边上摇着尾巴。守卫半睡半醒地坐在椅子上，看到他们起来后笑着说："还有一个小时呢，孩子，你住在这附近吗？"

"在温特比的林中小屋里。"丹尼很有礼貌地回答，"我和爸爸一起住，我们是那一带的猎人。当然了，现在还要照料哈金先生的狗。"

"我曾经在温特比打过猎，"守卫说道，"有一次，我们在莫里斯维尔待了两天，我去了一个叫栗子河的地方狩猎麋鹿。但是很不走运，我没有猎到，不过和我一起去的人猎到了。"

"等今年的狩猎季节到来时，我会带你打猎的，"丹尼邀请道，"你打听到哈金先生的住处，他们就会告诉你罗斯和丹尼住在哪里了。"

"没准我会去的，去那里呼吸一点儿新鲜空气。"

守卫打开车门，丹尼往外看。火车正在山间穿梭，山脚下的小农场沉浸在金色的黎明中。火车转了个弯，远远地，丹尼看见莫奇山峰矗立在群山峻岭之中。

火车缓慢地开向温特比火车站，慢慢地停稳后，丹尼便立马跳下了车，他转身打算去把大红抱下来，不过这条高大的爱尔兰赛特犬已经一下子跳到他身边了。

"再会了。"守卫喊了声。

　　"再会了。"

　　丹尼转身招了招手，然后走进铁路尽头的山毛榉树林中。一阵狂喜瞬间涌上丹尼的心头。华丽盛大的赛狗会结束了，哈金先生获得了丝带，丹尼获得了大红。现在他们终于要回家了，回到温特比了。

　　大红在他身边欢快地走着。可一进入树林中，浓密的树荫似乎挡住了外面的世界，丹尼发疯似的跑了起来。他已经许久没有见到他和父亲居住的小木屋了，那里有溪流、树林和崎岖的山路，是他唯一曾长期拥有过的生活。他现在带着大红，大红兴奋地在他身边跑来跑去。丹尼爬过了山脊，在长长的山谷中跑动，又翻过另一座山脊，然后下到山的另一边。他几乎是抄直线朝着父亲的小屋跑去。即将到达的时候，丹尼放慢了脚步，他看到小木屋的烟囱没有冒烟，知道爸爸现在不在家。毫无疑问，罗斯一定是在黎明时分就起来了，在这样一个好天气里，他会去山林里打猎的。

　　但是他爸爸的四条猎狗还被链子拴着，发出一阵狂叫声，对他表示欢迎。丹尼对它们笑了笑，看着大红走上前去和麦克打招呼。两条狗都摇晃着尾巴，麦克坐下来时还对丹尼眨了眨眼睛。

　　丹尼咯咯地笑了起来，挠了挠老猎狗脏脏的耳朵，其他三条狗也围上前来。大红歪着脑袋羡慕地看着他们的亲昵动作。丹尼弯下腰把链子松开，所有的猎狗都一下子获得了自由，在树林里疯狂地跑起来。它们一会儿跑过来，一会儿又跑到远处去。大红也跟着它们跑，不过丹尼一吹口哨，它就立刻停下来回到他的身边。丹尼快乐地挠了挠它柔软的耳朵。

"让它们去吧，"他说，"让它们去，大红。它们跑一会儿就会回来的。但是你可不要和普通的猎狗一起跑。你有更重要的任务——我想爸爸也会这么认为的。"

大红跟着丹尼走进房子。外面的一切都被温暖的阳光照耀着，但是木屋里面，只有一小簇光线穿过窗子照射进来。屋里有点儿冷，丹尼把柴火放进壁炉里，点燃它，火生起来后又加了点儿木柴。他把粗布窗帘拉到一边，挂在橱柜后头，然后拿出做饭用的锅和壶。又去小屋拿了一片罗斯做饭用的猪肉，大红始终跟着他，在丹尼做饭的时候回到木屋中间的地板上静静地躺了下来。

一小时后，大红站起身，坐在门前。门外传来了脚步声，罗斯回来了。

"丹尼！"他大叫道，"我听到猎狗吠叫就知道是你回来了。"

"嘿，爸爸，回到家真好。你是设陷阱去了吗？"

"没错。去石头山那边给狐狸设陷阱去了。今年皮毛的收获应该会不错。有很多兔子被狐狸吃了呢。"

罗斯眼中的光芒掩盖了白天工作的劳累，丹尼很高兴，他和他的爸爸一直以来都是如此亲近，他们的感受、行为，甚至想法向来都是高度一致的。其中一个离开，另一个就会迷失，而现在他们又在一起了。丹尼假装无所谓，可又掩饰不住兴奋，骄傲地说："我把大红带回来了，它在这儿呢。"

"噢，是呢！"罗斯转过身来，似乎刚刚意识到这条完美的猎狗就在他的小木屋里，"是这条狗，丹尼。我想你和它在纽约一定过得不错吧？"

"大红在赛狗场表现得不错。它为哈金先生赢得了一切荣誉。"

"你在纽约看到什么了，给我讲讲，丹尼。"

"狗，各种各样的狗。有的狗实在太小了，甚至能挂在桑德斯·卡洪的手表链子上；有的狗很大，简直和兰群岛矮种马差不多大；有能爬上温特比峡谷的猎狗；还有跑得飞快，能追上狐狸的狗……"

丹尼一连讲了两个钟头，描绘着他在赛狗会上看到的各种各样的见闻，包括每一个细节，罗斯全神贯注地听他讲着。大红用鼻子把门推开，出去坐在洒满阳光的走廊上晒太阳。一只老鹰盘旋在木屋上方，发出尖锐的叫声，大红对它发出警告的吼声。

"听你讲这些很有趣，"罗斯看了看怀表说，"时间不早了，我们晚上再接着聊。现在我得去石头山了。要是不把狐狸陷阱设好，今年就猎不到多少狐狸。"

"我和你一起去吧？"丹尼问。

"不了，你就待在这儿照看那条大狗吧。它还不适应森林呢，

第一章

虽说它曾把丛林之王逼到了死角，但它还有很多东西要学习，需要多适应适应森林。等到它适应了，我们就能带着它一起去设陷阱打猎啦。"

"爸爸，我想……"丹尼迟疑地说。

"有什么就说吧，孩子。"罗斯鼓励他。

"我觉得除了我们以前用过的方法，也许有更多的方式来教狗打猎。有一些方法，我很想在大红身上试验一下。"

"当然了。它是你的狗，你觉得怎么合适就怎么教它吧。好了，我得走啦。"

罗斯走出门，丹尼有点无奈地看着他穿过空地消失在树林里。也许罗斯想把大红训练成一条凶狠的猎狗，但是罗斯有一点还没明白，也许给他些时间他会理解的。任何有四条腿、能跑的狗都能被训练成为凶狠的猎狗。丹尼疼爱地看着他的大猎犬，他以前一直有一个梦想，希望能够拥有一条爱尔兰赛特犬，并且曾幻想过这条猎犬能够猎鸟，让大红成为一条普通的猎狗显然与丹尼的愿望背道而驰，而且丹尼还非常想让它能够延续高贵的血统。

大红紧跟在丹尼身边，走下小溪，再沿着一条近路上来。鲑鱼随着河床下的裂缝猛冲过去，肥大的胭脂鱼藏在更深的水池中。大红紧跟在丹尼身后，顺着他的脚步走。过了一会儿，它的活动范围就变大了。这时，一只花栗鼠从他们面前快速跑过，大红一下子跳起来朝它扑了过去。

这四天，他们一直在树林里游荡，从没有远离小木屋。大红慢慢适应了这样的生活方式，而且似乎有点喜欢了。丹尼小心翼翼地照看着大红。披肩榛鸡——在温特比地区也叫鹧鸪，是这片区域里大红唯一的捕猎对象，一般猎犬去猎杀它们时通常需要猎人用枪指挥，而大红，一点儿也不在意猎人对它的指挥。丹尼曾想过用一个能收紧的项圈来控制大红，最后又放弃了。一定还有其他的方法，一条能遵循自己的意志而采取行动的狗，一定会比被逼迫着去做事情的狗学得更好。

现在是炎热的夏季，太阳炙烤着大地，罗斯每天都会去山脉和河谷中寻找那些皮毛动物出没最频繁的地方。大红和丹尼则在木屋附近的森林里游荡。一天早上，丹尼正躺在小木屋的走廊上，草帽盖住了他的脑袋，大红慵懒地蜷在他的身边，罗斯走了过来："我的天，丹尼！我一辈子没见过这么舒服的生活。"

丹尼坐起身来抿嘴笑了。大红站起来，跑下台阶去向罗斯摇着尾巴表示问好，然后又回到丹尼身旁。罗斯把两根钓鱼竿从左手换到右手上，抬起头来看着两只乌鸦从头顶上叫着飞过山谷。

"狩猎的季节就要到了。"他说，"夏天就该为冬天的到来储备一些物品。"

丹尼坐直了身体，"是呀。"他看了看鱼竿，"你要去抓诱饵吗？"

"是这么打算的。你想一起来帮忙吗？"

"想呀，自从我去纽约后，我们就没一起出过远门了。"

"你一直专心照顾那条大狗了。"罗斯咕哝着说，"它学得怎么样啊？"

"挺好的。"

丹尼起身走下台阶，大红马上爬起来跟着他。他握住罗斯鱼竿的一头，再拿了一罐鱼饵。阿萨和黑白色的奶牛抬起头，羡慕地看着这一队人马穿过草场出发了。到了草场尽头，丹尼停下来，打开围栏，以便大红能顺利通过。他们穿过阳光充足的林中空地，进入阴凉的树荫下面。丹尼注意到一只松鼠正站在长满青苔的木头上，于是停了下来。他看见过很多松鼠，多得数都数不清，不过你不可能知道一只松鼠会做什么，所以每次遇到新的松鼠时，他总是会停下来仔细地看一看。

大红欢快地叫了一声，朝松鼠冲了过去。小松鼠待在原地迟疑了一会儿，直到大红快冲到它头顶上时，它才轻巧、快速地钻到了树洞里。大红跳起来，用前爪不停地去挠树干。

"回来！"丹尼大叫起来，"大红，快回来！"

罗斯转身问："你为什么不让它去追小松鼠呢？"

"不能让它这样。"丹尼倔强地说，"我不想让它去追这种小东西。大红，给我回来！"

松鼠爬上了树，隐藏在树叶里，回头望了他们一眼。大红小跑过来，腼腆地看了看丹尼。丹尼对它摇了摇手："大红，你真该害臊！如果你再去追这种动物，我就……看我怎么惩罚你！我该怎么阻止它呢，爸爸？"

"打它一下。"罗斯建议。

"不行。大红不是那种能随便打的狗。"

"好吧，我只知道如果我的猎狗去追我不想让它追的动物，它就会挨打，学到被教训的滋味。到底让它去追这种小动物有什么不对啊？"

"我就是不想让它去追这种动物。"丹尼坚定地说。

罗斯穿过森林向小溪走去，丹尼跟在后面。罗斯所知道的打猎方式，都是如何以实用的方法去猎杀动物。但罗斯从没有去过纽约的赛狗会，也从未与哈金先生那样的人谈论过狗。他是一个好的猎人，对猎狗十分熟悉，但是以他所了解的知识，他无法理解为什么不能让大红像疯狗那样去狩猎，就像在他看来，配了好鞍的马也可以当成骡子使唤一样。他当然也不明白，并不是所有的狗被棍棒教训后都会遵从主人的意愿。大红不是普通的狗，它很敏感，也很容易受到刺激，一顿鞭打只会让它憎恨或害怕那个打它的人。

丹尼摇了摇头。大红，它的天性本来就是这样，尽管目前来看，它只能去追猎鸟类，但是罗斯并不知道，一条猎鸟狗如果在打猎过程中去追任何从它身边跑过的动物，从而导致失去了重要目标，那就太糟糕了。

前面的树丛里突然有一阵沙沙的响声，大红欢快地朝着那个方向冲了过去。这时候罗斯也跑了过去，丹尼赶到他身边时，他正盯着树丛中央一个棕色的洞口，大红此时正在用前爪使劲挖洞口，两边溅起一些尘土。

罗斯戏谑地说："你的纽约狗正想挖出一只土拨鼠呢，丹尼。赶紧告诉它真正的绅士应该怎么做，它现在就像一个淘气的孩子一样。"

二 大红的成长

丹尼有些不自在地移动着脚，看着刚刚被刨出的土，又看了看罗斯。这条大猎犬把肩膀伸到洞里，又朝一个新的方向挖起来。丹尼俯下身去，用手抱住它的脖子，然后把它从洞里慢慢地拉出来。

"出来。"他尽可能严厉地对大红命令道。

大红喘着气站在那儿，回头有些不舍地望了望那个洞。它跳了一下，想要重新回到洞口。但丹尼牢牢地抱住了它的脖子，大红只能无奈地低下头，仔细地嗅着洞里土拨鼠的热气，它急切地呜呜叫着。罗斯僵硬的脸柔和了下来。

"别把这事儿看得那么糟糕，"他说，"所有的狗都得教的。任何新手都会去追这种动物的。不过，对于大红来说，如果它这样做，那就真成普通猎狗了！"

丹尼深吸一口气问："我该怎么做呢，爸爸？"

"要是我，会教训它一顿。"罗斯认真地建议说，"如果他追树上的浣熊，我会让它去，这值得它追。但是猎犬可不能每遇到一个洞就挖，这样太花时间了。你得想办法让它停下来。"

"可是你不能打大红！"丹尼无助地说，"它太聪明太敏感了。如果我打了它，它就再也不会信任我了。"

"瞎说！"罗斯严肃地说，"一条狗不挨几次打是不会有这些意识的！不过，我说过的，这毕竟是你的狗，一切由你来决定。把它带上，我们钓鱼去。"

丹尼拉着大红的项圈，这条大猎犬还在不断地回头看那个土拨鼠洞。丹尼把它拉走，每走一步大红都用力反抗着，等他们走到三十几米远的地方，丹尼才放开了它。大红马上爬上了一个小坡，朝着那个迷人的洞口方向轻轻摇了摇柔软的尾巴才最终放弃了。随后，它围着一个青苔覆盖的树桩，仔细地嗅着。丹尼担心地看着它，一条猎鸟狗一定要在带它的猎人允许的范围内捕猎，而且，自然也只能捕猎鸟类。而如果一条狗什么都追，那简直是糟糕透了！

但是怎么才能让它放弃追逐小动物的嗜好呢？罗斯嘲讽丹尼的想法，觉得鞭打一条狗会让这条狗感觉到受伤的想法很好笑。可是丹尼知道更多。大红的感受力和敏感度是从未在其他狗身上出现过的，而且它很骄傲。就像一个骄傲的人不能容忍被鞭打一样，大红也绝对不会容忍。丹尼忧郁地看着罗斯的背影，看来，照看一条血统纯正的狗可不是一件容易的事。

一头小鹿从山毛榉树后面跳出来看着他们，它的鹿角刚刚长好，上面长着稀稀拉拉的绒毛。

罗斯停下了脚步。微风轻轻地吹着，把人的气味带到了小鹿那里。它喷了口气，纵身一跃，翘起白色的尾巴灵巧地跑开了。罗斯举起钓鱼竿，像拿着枪一样对准小鹿，他笑着说："我能打到它的，它跑的这点时间我都能打到它三四次了。"

"我也认为你可以，爸爸。"丹尼同意地说。他见过爸爸在90米外把一只穿越丛林的鹿击中。不过丹尼还在观察大红，这条大狗对小鹿的兴趣很快就消失了。丹尼舒了口气，他知道，鹿的气味是最刺鼻的，而让一条狗不要去追鹿恐怕是最困难的。如果狗喜欢追鹿，那几乎是无法改变的。丹尼听说过，有的猎狗会两天不停歇地追踪那种气味。不过一般来说，狩猎犬天生就会去追鹿，而大部分爱尔兰赛特犬则是在猎人督促下才会去追。

又走了约两百米后，他们看到一头母鹿和它的小鹿，但大红只是看着它们，好像并不是太在意。它坐在丹尼身旁，丹尼高兴地低下身体抚摸它的耳朵。

他们来到一片草地，草地一边长着野蔷薇，另一边长着野草。莫奇小河冲刷着远处的草地，形成了一片长长的水潭。水潭上游比较深，下游要浅一些。罗斯看见不少鱼在水里欢快地游动着，里面还有一些大鲈鱼。有时候鲑鱼也会游到这里，不过它们更乐于在阴凉的小河中游动。大红离开丹尼身边，迅速冲到前面去，然后停下来回头看了看，又往前跑了三四米。罗斯疑惑地停下来，看着大红抬起一只前脚，竖起尾巴直直地对着他。丹尼心中一阵狂喜，自从他发现大红喜欢追小动物后，心中就一直有些不安，现在这种感觉完全消失了。他知道大红刚才那样做意味着什么，它在逐步成为一条猎鸟犬，尽管它还有点儿笨手笨脚的，但对于一个没有受过任何训练的初学者来说已经做得很不错了。丹尼这时候把带来的鱼竿和鱼饵放到地上，捡起一块石头。他轻轻地往前走，抓住大红的项圈，然后指着一片蓝莓地给大红看，随后把石头丢了过去。一只鹧鸪尖叫着飞了起来，穿过草地飞进了树丛中。

大红跃跃欲试想要跟过去，扭动着想要挣脱丹尼的控制。它抬起前腿在空中挥舞着。

"别急，"丹尼小声地阻止它，"别激动。"

大红放下前腿，仔细地盯着鹧鸪消失的地方。这时候丹尼松开大红，它马上冲了出去，绕着圈四处寻找鹧鸪飞出的地方。丹尼看着它在高高的草丛中跃起，以便能够闻得更清楚，然后两眼放光地转向罗斯。

"它那样就能逮住鹧鸪了！"丹尼激动地说。

"我看到了。"罗斯看上去并不欣赏，"这样不好，丹尼，一条猎犬就应该去猎动物。它真不应该去追什么鸟。"

丹尼没有说话。

过了一会儿，大红转了回来，把肩膀深深地探进水池里，急切地舔了几口清澈的河水。它趴下来让自己凉快一下。一群胭脂鱼从它身旁慢慢地游走，几条鲦鱼时不时地朝河岸这边游过来，游到下方宽大的石块下面。罗斯整理好他的鱼竿，安上鱼饵，然后熟练地甩杆。渔线几乎一沉到河里就有了动静，有鱼已经上钩了。罗斯收回鱼竿，他的鱼竿因为钓到鱼而略微弯了弯，他把鲦鱼拖到河床上，然后把它放进拴在池子边上的鱼兜里。

大红在水塘边伸了个懒腰，躺在丹尼脚边，慵懒地晒着太阳，睡着了。丹尼调整好自己的鱼竿，加上鱼饵后用力甩杆，他钓到了一条肥鲑鱼。他把鱼放进鱼兜里，接着继续给鱼钩上饵，很快又钓到了一条。钓鲑鱼并没有什么挑战性，不过这些鱼对他来说有特殊的用途，它们是冬季到来的时候，他和罗斯用于放在捕猎的陷阱上的主要诱饵。他们钓了两小时的鱼，直到鱼兜里装满了鱼。

忽然，丹尼的渔线被直直地拉进池中，不同于刚才钓鱼时那种轻轻拉扯的感觉。他顺着拉扯的方向，从渔线和鱼竿的动静中感觉到一条大鱼上钩了。渔线这时停了一下，丹尼紧张地等了一会儿，又放了约两米长的线。

"你最好把线收起来，"罗斯提醒他，"有条鲈鱼上钩了，感觉挺大的，如果能钓到，今天晚上我们就不用吃咸肉了。"

渔线这时候又动了起来，丹尼开始用力往上拉。池子里，渔线被拖拽着，引起了不小的波纹。慢慢地，在线的那头，一条光溜溜、棕黑色的鲈鱼冲出了水面，又落进水里，努力地想摆脱鱼钩，它用力拖着线拼命向池底游去，丹尼放出更长的线让它游。当丹尼亲手做的鱼竿几乎快被折断时，他提起鱼竿顶端，让水中挣扎的鱼自己

第一章

073

被线缠绕起来，趁鲈鱼往岸边游的时候快速地收短了鱼线。大红站起身，目不转睛地盯着。

"坚持住！"罗斯高声喊着，"这可是一条大鱼！"

"我在努力呢。"丹尼气喘吁吁地回答道。

鲈鱼又折返回池中，丹尼把收回的线又放了下去。鱼儿再次跳出水面，高高跃起后又落了下去。它开始在水中绕着圈子游，圈子变得越来越小，因为它被缠住了。丹尼把它往岸边使劲拉，慢慢地把鱼拉到了浅滩，罗斯光着脚，下水站到了深及膝盖的水中，然后他顺着丹尼的渔线往下摸，紧紧抓住鱼鳃，把鱼抓出了水面。

"两千多克重呢！"他心满意足地说，"丹尼，我还从没在莫奇小河看到过这么大的鲈鱼。"

"确实挺肥的，"丹尼赞同地说，"用它做晚餐挺好吧？"

"当然了，再好不过了，"罗斯说，"我们再钓几条鱼就回家，怎么样？快到晚上了。"

随后，他们又钓了十分钟，鱼兜里又增加了六条鱼，然后就开始忙着收竿了。太阳向西边斜斜落下，一束金色的阳光照到最高的山峰上。森林深处传来一声狐狸叫，一只白色的鸽子从附近的山毛榉树林里飞窜出来。这时森林里寂静得有些吓人。回家的路上，大红跑在了两人的前面，只要遇到裂缝就会凑过去嗅嗅，当他们再次路过土拨鼠的洞穴时，它又跑过去闻了一下，不过没有丝毫动静。

他们回到了自己的小木屋，来到门前的栅栏边，丹尼把栅栏抬起一点来让大红钻过去。罗斯从上面翻了过去，丹尼正要翻栅栏的时候，一只野兔恰好从林子里冲出来，从草场上穿过去。

大红见状，一声狂吠，迅速跟了过去。野兔加快速度，白色的尾巴在草场上若隐若现。大红跟着飞奔起来，尾巴都贴到地上了，头高高地扬起，试图追到眼前的猎物。四条被链子拴住的猎狗吼叫着给它助威，甚至连阿萨，那个向来对什么都漠不关心的骡子，也抬起头来看。

丹尼大叫："大红，回来！给我回来！"

这条大猎犬完全没注意到丹尼的呼喊，径直朝兔子奔去。野兔猛地一跃，跳到一个石块下，瞬间消失了。大红前腿举在空中，后腿踏着地面，徒劳地抓着石头。丹尼跑过去，抓住它的项圈，生气地训斥它："你，大红！我真不知道要拿你怎么办了！"

罗斯走过来说："打它一顿。虽然我曾说过不会干涉你教这条狗，但它明显需要一顿教训了。你要是任由它那样去挖洞、刨坑，它肯定就要变得一无是处了。"

"爸爸，我不会打它的！"

罗斯耸了耸肩，无奈地摇了摇头，回去了。

大红开心地抬起头，吐着舌头，眼里透出兴奋的光芒。丹尼的心瞬间软了下来。大红是极其聪明的，它的心智和勇气对狗来说极为难得。一定有除了鞭打之外更适合的方法让它能改掉这种遇到什么都追的坏习惯。丹尼咬了咬牙，得靠他自己来想办法了。他把大红拉进了小木屋。

罗斯把今天钓到的鱼拿到屋子里，开始做诱饵，这个工作只有他能做得好。大红走出去趴在走廊上。丹尼把鲈鱼的鱼鳞刮掉，从鱼中间切开鱼肚子，掏出里面的脊椎骨，再把两片鱼肉放到装了冷水的盘子里，最后加上一点盐。大红用鼻子推开门，回到屋子里，丹尼若有所思地看着它。

"爱追兔子，"他自言自语，"爱追兔子的家伙，怎么能让你明白呢？"

丹尼把鱼放进炉子上的热水锅里，大红用尾巴敲打着地面。丹尼又往另一个油锅里放了些土豆片，然后一边炸土豆，一边摆好餐桌。罗斯走进来洗了洗手，他的手上都是鱼鳞。他把自制的小提琴从箱子里拿出来，调好琴弦，然后坐在椅子上，一边演奏着《勇敢的强尼》，一边跟着哼唱。丹尼轻轻地和他一起唱着：

勇敢的强尼，月亮在发光，

天空中出现银色的云彩。

我一个人孤独地坐着，不过我知道，

你会回到我身边的，勇敢的强尼。

大红兴奋地看着他们。白天很快过去了，尽管今天带给它许多困扰，可现在它、罗斯和丹尼待在家里，有许多吃的，还能一起唱歌，这就够了。丹尼把煮好的食物摆在桌上，罗斯把小提琴放回了箱子里。他们一起坐下来吃饭。

"我们明天干什么，爸爸？"丹尼问。

"哈金先生让我给他摘27升的黑莓，"罗斯说，"我明早就去办了，每升他会付我15美分。其他时间要做些捕猎用的诱饵，我已经迫不及待想去狩猎了。你去弄点儿柴火怎么样？"

"好呀，当然可以。"

罗斯叉了一大块鲈鱼说："这鱼可真好吃啊，丹尼。对了，你觉得我们把大红和其他猎狗一起带去打猎怎么样？老麦克能教它一些打猎的技巧，它很聪明，肯定很快就能学会。"

丹尼嘴里的食物哽了一下："我……我就是不太想让大红和那些狗在一起。"

罗斯看着他，有些生气了："好吧，这是你的狗。"

丹尼走出去坐在走廊上，大红坐在他的身边，用鼻子去顶他的手。这问题目前看来挺严重的，罗斯是打定主意让大红成为一只猎狗了，可大红真的不能成为这样的狗。它生来只能去猎鸟，而不是做其他事的。丹尼伸出右臂揽住大红的脖子。

"你将来得成为一条猎鸟犬，"他说，"你追那些小动物是因为好玩，但本质上你是想要猎鸟的。我想爸爸肯定能理解的。但是我们该如何让他理解呢？"

丹尼回到小木屋时，罗斯已经睡下了。第二天，天刚刚亮，丹尼就起来了，但罗斯起得更早，他做好早餐后就带着采黑莓的桶，一言不发地朝黑莓地出发了。丹尼给奶牛喂了草料，给阿萨和大红喂了些吃的，然后自己吃了一大块烤饼，又从储藏室拿出一把锋利的斧头。随后他走出去，给骨瘦嶙峋的老骡子阿萨系上皮绳套，又把长绳的另一端系在后面的横木上。最后，丹尼朝林子里的一片黄桦树林走去，阿萨静静地跟在后面。哈金先生拥有这一片温特比的土地，也拥有这些树木，他不希望在还有黄桦林可以砍的时候，其他树木就被砍掉当木柴烧。

大红走在他们前面，一会儿这儿闻闻，一会儿那边嗅嗅。不一会儿，他们走到了一片月桂丛旁，在这儿，丹尼赶走了两只鹧鸪并停了下来。大红下意识地要冲出去追，但最后还是选择待在了原地。丹尼激动地屏住了呼吸。这条狗无疑是聪明的，很聪明，它能立刻明白去追那些鹧鸪是不对的。丹尼突然想到了什么，他皱起了眉头，要是它能理解那些土拨鼠也不该追就好了！可是怎么才能在不用暴力的同时让它知道这一点呢？

"我想你这么做只是出于好奇，"丹尼喃喃地说，更像是对自己说，而不是那条狗，"大红呀，你怎么就不能停下来呢？"

又走了三四十米，大红开始疯狂地追逐一只藏在山毛榉树落叶中的花栗鼠；过了一会儿，它又冲进树林去追一只飞奔的兔子。丹尼无奈地挥动着斧头，砍掉路边长得高高的野草。他对大红大喊，可和昨天一样，根本没有用。也许以后，它还是得用上能缩紧的项圈和牵狗绳，这样它才会听话。他走到了那片黄桦树林，把阿萨拴在一棵树上，然后开始砍周边一些小树。

他几乎一整天都在工作，把黄桦树杈砍下来，将枝叶修整掉，再把它们摞起来堆放在一起。下午，他松开阿萨的绳索，将柴火挪在阿萨的身上，牵着它往回走。当他拉着最后一堆柴火往回走的时候，夜幕已经降临了，蓝色的炊烟从木屋的烟囱里缓缓升起。

"砍了不少柴火呀，"罗斯说，"给阿萨喂点粮草让它早点休息吧。干完这些你也快进屋吃饭吧。"

丹尼照料好骡子，把马具放回谷仓，和大红一起回到屋里。罗斯弯着身子站在炉子旁，看到丹尼进来，他微微笑了下。

"我想你一定很饿了吧。"他说。

"是想吃东西了，"丹尼点点头，"不过我还不是很累。说说你今天过得怎么样，见到哈金先生了吗？"

"见到了，"罗斯从容地转过身去对着炉子，"我把黑莓给他带过去了。对了，丹尼，他想让你明天早上把大红带过去。有一些漂亮的女士明天会在那边，我猜他想让她们看看大红。"

"那当然好了，这是哈金先生的狗，他有权在任何时候看到它。"

"丹尼……"

"怎么了？"

"我……坐下吃晚餐吧，"罗斯犹豫地说，"你明天不用做其他事了。我会处理你和阿萨拉回来的那些柴火。"

"我们俩一起锯这些木头会快些呀，"丹尼有些不解，"爸爸，你怎么了？"

"没什么，坐下来吃饭吧。"

丹尼吃完饭，与大红一起在林子里散步，罗斯则在洗碗。丹尼有些担心他的爸爸，罗斯主动洗碗这事儿有点奇怪，他看起来似乎有什么心事了。夜幕降临后，丹尼回到了小木屋，上床睡觉了。

第二天，丹尼一大早就起来了，把脸洗得干干净净，然后穿上干净的衬衣和一条新裤子。吃完早餐后，他就和大红一起沿着莫奇小河出发了。一只红色的狐狸跳到他们前面，大红疯狂地朝它扑过去。十分钟后，大红喘着粗气回来了。丹尼皱着眉继续往前走。他们走出林子，进入了哈金先生居住的地界。

大红放慢了脚步，安静地走在丹尼身边，丹尼弯下身摸摸它的头。尽管哈金先生人很好，可是在他的温特比地界上靠近这么宏伟的建筑还是难免让人有些敬畏。丹尼看到两个人骑在哈金先生的汗血马上沿着小路前进，一个是哈金先生自己，另一个是一位女士。丹尼站在畜棚前面。那两个人飞驰过来，大红不自在地抵住丹尼的膝盖。一个马夫过来牵住他们的马，而哈金先生和他的女伴则跳下马向丹尼走过来。哈金先生兴奋的声音拉近了他们的距离："早安呀，丹尼。"

"早安，先生，我把大红带来了。"

丹尼默默观察了一下那位女士。她高高瘦瘦的，走起路来很优雅。她穿着骑马裤，靴子光亮，上身穿着一件丝绸衬衣，黑色的头发盘在脑后，脸颊红红的。这一定就是罗斯提到的那位漂亮的女士了。不过丹尼还是觉得有些不自在。她身上有种让人难以接近的冷艳的气质，好像她一直高傲自负，从来不会改变一样。

"葛瑞南小姐，来见见丹尼·皮克特吧。"哈金先生说。

"你好呀，丹尼。"女士笑着说。

"您好，小姐。"丹尼小声说。

"葛瑞南小姐是我在费城分部的经理，"哈金先生解释说，"这就是我跟你提到过的狗，凯瑟琳，它在希尔维斯尔得了冠军。"

"噢，迪克，多美的动物啊！"

第二章

这位女士蹲在大红身旁，把手放在它的颈毛上。大红向后退了退，想离丹尼更近一些，避开女人身上那种特殊的香水味儿。丹尼厌恶地看着她，现在他知道罗斯昨晚为什么心烦了。

　　"迪克，把它给我吧。"

　　"喂！等等。你要一条这样的狗干吗？"

　　"迪克，把它给我嘛。"

　　哈金先生咳了两声，目光移开了，然后又咳了一下说："凯瑟琳，你的占有欲……"

　　"噢，傻瓜！让我养六个月吧，我要带它在费城炫耀炫耀。"

　　"我不能把这条狗给你。"

　　"为什么不行？"

　　"丹尼。"

　　凯瑟琳·葛瑞南又笑了："你说呢，丹尼？"

　　"嗯，我当然不希望大红离开这儿。"

　　这位优雅的女士顿时表情变得非常严肃而又冷酷："我知道你不会的，丹尼，不过这不是你的狗，对吗？这是哈金先生的狗，不是吗？"

　　丹尼勇敢地回答："是的，小姐。"

　　"那就对了！"她得意地说，"现在把它给我吧，迪克。"

　　哈金先生看着丹尼问："你觉得应该把大红给她吗？"

"这是您的狗。"丹尼回答。

"好了，你这顽固的老男人！"女士说，"现在你没什么好说的了。反正六个月后我就会把它还回来的。"

哈金先生无奈地耸耸肩："丹尼，你想现在把它留在这儿，还是明早带来？"

"嗯，"丹尼说，"我可以明早再把它带来，你们今晚就不用喂它了。"

"那就这样吧，丹尼。"女士笑了笑，"我早上八点走。"

丹尼带着大红伤心地往回走。他从小路一直走到米丝蒂山的山脚下，然后往上爬。大红在树林里追松鼠的时候，丹尼只是没精打采地看着它。还是让这条大狗再开心一会儿吧，明天早上它就要去费城了，那里几乎和纽约一样大。在那里没有森林，只有人行道和被叫作公园的草地。丹尼用手背擦了擦眼里的泪水。那位女士根本不是真的想养狗，也不懂如何养狗。她想要大红只是因为它好看，可以作为她带出去炫耀的资本而已。也许，她只会在每天早上拴着绳子带大红出去走走，其他时间，它就会被拴在小狗屋旁，旁边的草地只够它偶尔伸伸爪子。

把像大红这样的一条狗带走，并剥夺它应有的在丛林中的生活是不对的。

灌木丛里有些动静，大红欢快地跑过去追赶里面的某个小动物。

过了一会儿，它盯上了两只鹧鸪，丹尼已经放弃阻止它去追飞走的鹧鸪了。他一整天都在走，爬上山，又从另一边下来，进入到一个无名的山谷中。这是他和大红待在一起的最后一天了。的确，那女士说过，六个月后她会把大红还回来的，可是丹尼并不相信。一旦有了大红，她一定会想出其他的借口留下它的。夜幕降临了，丹尼拖着沉重的步子回到林中小屋。罗斯在屋子里，坐在桌子前盯着煤油灯出神，听到声响后，他茫然地转过头看着丹尼。

"哈金先生的那位女士，"丹尼无力地解释说，"哈金先生把大红给她了，明天早上八点她会把大红带走。我到时得把大红送过去。"

罗斯点了点头："我看她一直想要，看到大红她就会想要得到它的。我看她是这种人。你准备怎么办呢，丹尼？"

"我只能把它带过去。"丹尼绝望地说，"这是哈金先生的狗。"

丹尼难过地坐在椅子上，稍稍吃了点罗斯放在他面前的食物，然后用手撑着脑袋无精打采地想着事情。罗斯点起一根烟，他只有在压力很大的时候才会抽烟。接着是一阵长长的沉默。

"知道吗，丹尼？"他终于说话了，"如果我有那么多钱，我会把大红买下来给你的。"

"我们哪有7000美元呀？"丹尼苦涩地说，"我们连70美元都没有。"

"是啊。"罗斯无奈地答道。

丹尼站起身，躺到床上，祈祷能够睡着，可他怎么也睡不着。只要睡着了就会忘了痛苦，如果能让他有几分钟时间清净，不去想这事就好了。可是漫漫长夜似乎无穷无尽，他在黎明前才刚刚陷入恼人的梦境，罗斯就把他叫醒了。

"丹尼，我不想叫醒你。可是如果你要八点赶到哈金先生那里，就该起床了，现在都已经是七点过一刻了。"

"当然，当然。谢谢你叫醒我，爸爸。"

丹尼走下床，大红迫不及待地跑过来，冲着丹尼摇着尾巴吐着舌头向他表示问好。丹尼把目光从大红身上挪开，穿上他昨天穿过的干净的衣服。现在不能再有任何犹豫迟疑了，不然那位漂亮的女士就要自己走进林子里来要她的狗了！丹尼停下来拍拍大红的前额。

"我回来再吃东西，爸爸，"他说，"不会花很久的。"

"好的。"

罗斯转过身去看着窗外。丹尼打开门，大红开心地一下子跑了出去。它追上了一只正在草地边吃三叶草的兔子，一直把它追到了石块下。它对着石头抓了几下，然后朝小路跑去，追上丹尼。丹尼皱着眉头一直往前走，不去看狗。似乎有股巨大的磁力要拉着他往石头山走去，在那儿他能带走大红，哈金先生和那女人都找不到他们。可是这样是不对的，因为这是哈金先生的狗。

第一章

路边高高的草丛里有点儿动静，大红开心地跑过去看看是什么。它跳进草丛，待了一会儿，又跟跟跄跄地出来了。随后大红站在路上，舔了舔自己的爪子。

丹尼严厉地说："跟上。"

他继续坚定地往前走，哪儿也不看。刚刚那应该是大红最后一次追逐小动物了，等它到了费城，也许能有一两只猫让它追追就不错了，绝对不会有什么别的东西了。丹尼深吸了一口气，走出森林，进入了哈金先生的地界。他看见哈金先生站在跑车旁边，那位漂亮的女士把手放在方向盘上，好奇地四处张望着。哈金先生说："早安，丹尼。"

"早安，先生。"

那位女士从包里掏出一条手绢，遮住鼻子。大红靠着丹尼的腿站着，丹尼努力让疼痛的心坚定起来。虽然大红自己也不想走，可它非去不可。丹尼停下来，一条胳膊搂住大红的脖子，另一只手抓住它的四条腿，把它抱起来放到车子光滑的皮后座上。

"这是您的狗，小姐。"他小声说。

那位女士突然猛地往后一缩，露出一脸痛苦的样子，双手抓着手绢捂住鼻子说："快把那东西拿开！"

大红从侧门跳了下来，紧紧地缩到丹尼的腿旁。女人愤怒地看着哈金先生，此时哈金先生的脸被逗得憋成紫色了，忍不住发出咯咯的笑声。

"迪克，这是你开的玩笑吧。"

"没有啊，凯瑟琳，我什么都没做。"

那位女士发动了车子，踩了脚油门，飞驰而去，轮子下的碎石子四处飞溅。哈金先生大笑起来，笑得一点形象也没有。丹尼不解地看着他。

"噢，天啊！"哈金先生终于开口说话了，"这是我见过的最好笑的场景了！凯瑟琳以为她什么都知道啊。把你的狗带回林中小屋吧，丹尼。它现在安全了。"

话还没说完，丹尼就已经带着大红跑走了，他脚底像长着翅膀一样沿着莫奇小河飞快地跑去，大红欢快地跟在一边。一只小兔子穿过路中央，大红并没有理会。丹尼一口气冲进屋子里。

"爸爸！"他大叫道，"我又把大红带回来啦，我还能继续养它。而且它也不再追小动物了。在路上，它没去追一只小兔子。那位女士已经走了，她不想要大红了，就因为大红在半路跳到了一只臭鼬身上，惹了一身臭味。你能想象有人竟会因为气味不好闻就不想要大红了吗？"

罗斯的眼睛闪着光，他摇了摇头说："城里的女人就是那样有意思。"接着他又说，"我真为你感到高兴，丹尼。不过你最好把狗带到小河那边洗一洗。它确实有点儿臭，当然过两星期就闻不出来了。"

第一章

三　总有你陪伴

夏日来得匆忙，去得也匆忙。随着日子一天天过去，初霜在大地上留下了一层精致的银色装饰。丹尼和罗斯一起进入到森林中，在空洞的树桩和洞穴边设好陷阱，在这些地方，人的气味会被掩盖掉。丹尼爬上山脉，行走在河边，在每一处有可能出现动物的地方，挥动斧头设下陷阱，期望能抓住一些皮毛好的动物，为在即将到来的漫长冬季狩猎做准备。不过，当他没活干的时候，就会和大红待在一起。

大红已经慢慢学会了一些对它来说最重要的课程，它不再追逐任何在它面前经过的动物，也不再随便跳进有动静的草丛里。慢慢地，它有了在丛林里生活的经验，而且，一旦它知道追捕鸟类是属于它的游戏，它就很有意识地为此努力。它拥有一种优秀的猎狗必不可缺的重要品质——全身心地投入对猎物的追捕中，而且它一旦改掉之前的小毛病，就学习得很快。

丹尼总是让大红走在自己的前面，待在他视线范围内，并随时执行自己所发出的命令。大红做得很好，听到隐藏的命令就会马上趴下来一动不动，得到指示后再起来。当丹尼教大红自己回家，让他一个人待在林子里时并不是特别顺利，丹尼遇上了一些困难，但是他知道，当大红能独自回家时，大红将成为一只真正的猎鸟犬。

大红要学习的东西还有很多，等季节到了，带它在林子里开枪猎鸟时，它才算是真正完美。丹尼无比渴望他的猎枪，还有几只能让他开枪射击的鸟，这样，他就能教给大红最后一课。不过猎鸟的季节还没到，他和罗斯从没有违反法律，现在也不打算违反。大红的最后训练得等到猎鸟合法的时候才能开始。

一个打了霜的初秋的晚上，罗斯坐在桌子前，用手托着脸颊，盯着窗外那被夜晚笼罩的石头山山顶。罗斯的四条猎狗从狗屋里出来，坐在链子末端。丹尼笑了，每一年都是这样，当夏季过去后，罗斯就会努力地为狩猎的季节做准备。不过做了一段时间后，他就会渐渐失去耐心，到了打霜的季节，不耐烦的情绪就会完全笼罩着他。这时他就要带着他的猎狗进入山中，开始当季的第一次打猎了。

"丹尼，"罗斯说，"你觉得那些陷阱设得到位吗？"

"当然到位了。我们在外面设了很多好陷阱呢。"丹尼偷偷笑了。

罗斯向窗外看去，丹尼正忙着准备晚餐。罗斯是个骄傲的人，也很勤奋，他不会让任何事影响到基本的工作。打猎是他生活中最大的乐趣，但此时他又因为觉得似乎还有其他工作没完成而犹豫不决。

"晚餐准备好了。"丹尼招呼说。

罗斯心不在焉地走过来坐下，盯着面前的食物。丹尼偷偷地看着他，心里有点儿不安。罗斯最近工作很辛苦，从他的眼睛里就能看出来，他已经很疲倦了，可是他还在担心自己设陷阱的工作是不是完成得不够好，那可能导致狩猎失败。丹尼停下来，不经意地说："爸爸，如果想要猎狗在冬天有好的体形，它们需要现在去打打猎。"

"是啊，我知道。"罗斯说。

"那么，"丹尼继续说，"为什么你不带它们去打一次猎呢？就明天好了。"

"这个，洛桑湖那边的陷阱还需要去加强一下。"

"要是猎狗状态不好，你在冬天很难猎到什么的。"丹尼警告说。

"有道理！"罗斯用拳头重重地捶了一下桌子，"说得对，丹尼，看来我得把它们带出去！"

"当然了。这事儿和设陷阱一样重要。你后面得靠这些狗去抓猎物呢。"

"是的，"罗斯说，"我能把大红一起带去吗？丹尼。"

丹尼听了有些不安："那个大红，我还得再教教它。"

"也许是吧，那我下次再带上它。"

丹尼洗好碗，看了看窗外皎洁而清冷的月光。罗斯高兴地为打猎做着准备。这天丹尼很早就上床了，等他醒来时罗斯已经带着四条猎狗去山林里了。桌上有一张用铅笔写的字条：

> 丹尼，要是我们晚上没回来也别担心。那可能是我们要追一个跑得很远的猎物，可能需要两天时间。

丹尼站在走廊上看看天气。从枫树叶子中透过缕缕阳光，当艳阳高照的时候，阿萨和奶牛就会在树下休息。山毛榉树的叶子渐渐泛黄，快快地垂落下来。一阵凉风从石头山的方向吹过来，丹尼开心地吹着口哨。对他而言，秋天显然是最棒的季节了。再过三个多星期就是开放猎鸟的季节了，那时，他就能带着大红一起去打猎了。再过段时间，他和罗斯会贮存冬天需要的野味，等到下大雪的时候，他们会穿上雪地靴，到偏远的地区去打猎。温特比的春夏季节远远不如秋冬季节热闹。

丹尼做好早餐，给大红喂些东西吃，又做了些别的杂活。然后他从墙上的挂钩上拿下一个篮子，往里面装了三十个捕兽夹。罗斯可能还在担心洛桑湖的陷阱，不过要是他回家后，发现最后一处地方的陷阱已经做好了，就不会再担心了。

丹尼提起篮子，大红开心地走在前面，他们开始向山毛榉林出发。冷风从石头山吹来，丹尼似乎听到远处有猎狗的嚎叫声。他停下来仔细听，却没有再听到。大红向一座小山丘走去，上面长着一棵冬青树，大红抵达山丘后伸着脖子往远处看。这时丹尼打了个响指。

"回来，大红，还有事儿要做呢。"

他们继续朝山谷大步走去，沿着莫奇小河穿过山毛榉林。一只雄鹿像幽灵一样静悄悄地出现在前面的树林里，它的鹿角上刚刚褪去了最后一层夏天的茸毛。它喷着粗气，用前脚不停地蹬地，然后跳开了。山毛榉林上方传来阵阵乌鸦叫声。它们的出现可不是什么好兆头。丹尼穿过最后一片树林，来到洛桑湖的边上。

山毛榉林突然没有了，几乎成直线的边界那边是一片野草丛生的空地。落叶松的枝叶穿过凋落的香蒲和芦苇向四周伸出，山谷突然变得开阔了。

洛桑湖其实就是莫奇小河一段拓宽的部分，有两千多米长、八百多米宽。湖水静静地流淌着，中间生长着大片的芦苇，两旁是落叶松。这是一个荒凉的地方，不过在水浅的地方，到处都是麝鼠做的尖顶小窝，还漂浮着刚刚被砍的芦苇草。每年罗斯和丹尼都能在这里抓住上百只麝鼠，还能在附近的小泥路上抓住八到十只貂。丹尼弯下身子开始仔细观察河岸。

麝鼠在那里挖洞，有的从水里冒出来，在湖边粗大的树根那儿做窝。丹尼把他的包放在一边，走到一棵落叶松旁边。他用刀砍下六根树枝，又从湖边的杨柳树上砍下20根。接着，他回到湖边，从篮子里拿出一个捕兽夹，把其中一根杆子插进绳索末端的环里。他把它放置到湖岸深处，然后把叉子埋进地下，铺上伪装的东西，直到看不出来，最后把捕兽夹扔进水里。麝鼠有时候也很狡猾，想要抓住它们并不容易。不过安置捕兽夹时并不会引起它们的注意，而等到狩猎季节开始之后，它们就对捕兽夹的存在习以为常了。

丹尼沿着湖边慢慢地走，在每一个有可能抓住猎物的地方都放置捕猎装置。他知道貂在湖岸下狭窄的行走路线，于是就在距离水边十几米的地方放下篮子，大红好奇地看着他。

"趴下！"丹尼命令道。

大红马上在篮子边蜷缩下来，丹尼拿出一个夹子。他走进水中，在离湖岸近十米远的地方设陷阱，然后绕了大半个圈子回来，他小心翼翼，以免自己碰到什么东西而留下任何气味。因为貂是最谨慎的动物之一。他把陷阱链放进水里，然后用斧头的一头把夹子抬起来，放在水里蘸些水。他和罗斯准备晚些时候再来设一次陷阱，不过到时候他们需要戴上手套了。

当丹尼设好最后一个陷阱，背起空篮子准备回去时，太阳已经下山了。他拉伸了一下已经酸疼的肌肉。洛桑湖的陷阱总算是完成了，接下来只需要打开陷阱了。丹尼笑着对大红说："我想回去吃晚饭了，你呢？"

随后他们一起走回了林中的小屋。狗窝里还是空的，看来罗斯还没有回来。如果他在天黑前还不回来，很有可能今天就不会回来了。不过还是再等他一两个小时吧。一个在山林里忙碌了一整天的人一定感觉很饿，很想吃上一顿热腾腾的饭。

丹尼和大红一起来到走廊，坐在最上面的一层台阶上，深深地吸了一口清冷的新鲜空气。对，就是这味道，它意味着会有更多冰霜和大雪将要降临。一对排成"V"字形的大雁发出清脆的叫声，从木屋上方飞过。大红和丹尼同时抬起头来看了一眼，大红冲着大雁降落的山毛榉林方向嗅了嗅。丹尼拉了拉它的耳朵说："别闻了，我们现在还不能射杀它们。"

尽管说了这些话，他还是站起身走下台阶，大红欢快地在前面蹦蹦跳跳，最后在一片松树林前停了下来。丹尼跟着两只鸟追了出去，于是大红也赶紧跟过去想要帮忙。丹尼穿过谷仓，进入到林子里。这时太阳已经完全下山了，高大的树木已经掉落了一部分叶子，在这个潮湿寒冷的秋季里静静地矗立着。丹尼从林中穿过，向莫奇小河走去。

黑暗的河水沉默地冲刷着岸边的树根，几乎没有一丁点儿声音，水里漂浮着掉落的树叶，浅滩中河水在跳跃。丹尼蹲下身仔细观察着小河边的河床，从上面的脚印可以清晰地看出最近有哪些过路者。一只母浣熊曾经带着它的一家，沿着溪流走过这里，它们在漩涡里的小石头下面抓到了小龙虾。一只闲逛的貂的脚印和浣熊一家的脚印混在了一起，看来这只貂也在捕鱼。一只麝鼠曾经在河岸上挖过洞。

丹尼走回房子，在厨房里切下几块猪肉，削了一罐土豆，煮了点儿咖啡。昼夜温差太大，白天天气挺热的，可到了晚上就很冷了，于是他把两块橡树木块扔进了壁炉里。木头烧着后，闪着耀眼的红光，散发出的香味填满了整间木屋。丹尼把土豆放进锅里煮，又把猪肉条放进煎锅里。看来罗斯暂时是不会回来了，不过也有可能会晚点回来，如果是的话，他会期待已经做好的热腾腾的晚饭。盛土豆的锅里开始冒泡后，丹尼把它们放到小火上，把猪肉放到另外的位置上。要是罗斯不回来的话，丹尼可以将剩下的食物作为明天的早餐。

他拿着一把叉子站在壁炉旁，正准备把咝咝作响的猪肉条翻个面，大红在他脚边突然跳起。它的喉咙发出低吼声，颈毛竖起。丹尼把猪肉移到小火上，然后转身向门边走去。

过了一会儿，他看见罗斯走出林子，进入了林中空地。罗斯的手中拿着步枪，包背在肩膀上。丹尼咽了咽口水，安静地走回炉子旁。他爸爸的打猎之行可能遇到了麻烦。早上和他一起出去的四条猎狗，只有三条回来了。另外一条，正躺在山林的某个地方，再也不能打猎了。

20分钟后，罗斯走进了屋子。丹尼知道他为什么会去那么久，让猎狗在山林里足足待了一整天，他得花时间去喂他们一些吃的才行。大红站起身，礼貌地走过去迎接罗斯。丹尼在炉子旁转过身，端着准备好的晚餐递给爸爸，朝爸爸笑了笑。他很清楚最好不要去问爸爸另外一条猎狗怎么了。

"嘿，爸爸，我还不确定你是不是回家呢。"

"是啊，我回来了。"

罗斯的脸色有些憔悴，眼神呆滞。他疲惫地把自己的步枪放在丹尼的旁边，把一桶水倒进脸盆里，洗了洗手和脸。然后他坐在椅子上，没精打采地看着桌子发呆。丹尼忙着准备猪肉条，中间还偷偷看了一眼罗斯。一直以来，这四条猎狗都是罗斯的得力助手，在以往的猎捕行动中，它们总能发挥极大的作用。狩猎的季节马上要开始了，罗斯已经为他的猎狗留了不少冬天要吃的食物，现在却失去了其中一条，这实在让他很心痛。丹尼用长叉子把猪肉条夹到盘子上，再把土豆倒在另一个盘子里。他把做好的食物端到桌上，旁边摆上黄油、咖啡和面包，然后尽量放低声音说："晚饭做好了，爸爸。今天怎么样？"

罗斯摇了摇头说："不好，丹尼，很糟，我失去了一条猎狗。"

"怎么会这样？"

"是真的，"罗斯继续说，"另外三条差点也没了。"

"究竟发生了什么事情？"

"被一头野兽杀了，是一头猫科的野兽。我们在石头山下面的洼地撞见它，我听到猎狗把它追到林子里1600米远的地方。等我到那儿的时候，它们都已经散开了，那条狗就躺在石头边，已经被撕成了碎片。我们跟了那头野兽整整一天的时间，可我始终没机会射杀它。"

丹尼说："我很难过，爸爸。"

罗斯看了看眼前的食物，还是呆呆地盯着桌子。丹尼把自己的那一部分吃完，没有去看父亲的脸。打猎本身就是件危险的事，任何带着猎狗打猎的人都难免会失去猎狗，并会为此自责不已。罗斯拿起一块猪肉条，嚼了嚼，然后又放回盘子里。

"那是一头大型猫科动物，丹尼，"他说，"不是老虎就是美洲豹。"

他又呆呆地盯着桌子，并没有爆发激烈的情绪，现在的他是不会轻易发怒的。丹尼知道他此时的情绪并不仅仅是悲伤。那头杀死了猎狗的野兽此时还在山林里自由地生活着，罗斯一定还在计划如何实施复仇行动，而且丹尼知道，他一定有能力追赶那只野兽，实现自己的复仇计划，无论那是什么野兽，不管它有多凶猛。还没有任何野兽能够杀了皮克特家的狗而没有受到惩罚的。

丹尼吃完饭，安静地坐在桌旁，直到罗斯把盘子推开，表示他不想再吃了。丹尼把吃剩下的一半猪肉扔给大红，大红马上把猪肉叼到门廊上，趴下来慢慢地吃。罗斯把煤油灯放高了一些，他拿出自己最好的一把猎刀，这是他为自己做的，总是留在特殊时刻才会使用。罗斯把它放在一块磨刀石上磨了起来。下次他再进入山林的时候会带上这把刀，他要用它将那头可恶的杀掉他心爱猎犬的野兽的皮剥下来。丹尼不由自主地打了个冷战，只有在这样的时刻，父亲内心深处的冷酷才会表现出来。

丹尼安静地收好盘子，把热水从茶壶倒进脸盆里，然后洗了洗盘子。他偷偷瞄了瞄父亲，他还坐在桌边不停地磨着刀。罗斯抬起头，盯着煤油灯看了一会儿，然后说："丹尼，我觉得这头野兽很邪恶。"

丹尼仔细听着，每次罗斯说到野兽的时候他都会注意倾听。他一生都在追捕它们，没有人比他更懂野兽了。罗斯用手撑着头说："我真是这么觉得的。"事实上，他的这句话更像是喃喃自语，而不是对丹尼说，"那不是普通的猫科动物。它把那条猎狗围困住，然后等它伤不到自己的时候才行动，之后就溜走了。这是个非常狡猾的家伙，还是个大家伙，我觉得它在石头山这边称王称霸。丹尼，你要是去那边，记得要带上你的枪。"

"我要是没准备好是不会去那边的。"丹尼承诺道。

"不要去。"罗斯劝告道。

他又开始磨刀，丹尼不自在地站在一边看着他。明天一早，罗斯将会带着剩下的三条狗再次踏上追猎的旅程。丹尼甚至没有去问他能不能一起去，因为罗斯一定会拒绝所有帮助。这头野兽对罗斯来说属于私人恩怨，只能由他自己解决。

"我想出去走走了。"丹尼说。

"好啊，去吧。"

丹尼和大红一起朝小河走去，在山毛榉林里转了转。他们回到小木屋的时候天已经完全黑了。

第二天黎明时分，天还没有完全放亮，连第一缕曙光都没有出现，他就被罗斯吵醒了。罗斯在炉子旁生起火。丹尼迷迷糊糊地睡在床上，伸出手拍了拍大红，他看到爸爸在准备早餐。罗斯吃完了早饭，拿出一个小包把培根、盐、面包和茶都放了进去，他把小包卷起来放进打猎穿的夹克里，系在腰间，并带上了步枪，然后轻轻地走出去并关上了门。

狗群的领袖老麦克在罗斯走向狗屋开始给它们松链子时就急切地叫了起来，罗斯命令它们安静下来，然后就没有声音了。丹尼翻过身去又睡了一个小时。今天没什么特别要做的，只需要出去砍些柴，所以没必要起那么早。

当他再次醒来的时候，阳光已透过窗户斜照了进来，枫树上一只蓝鸟正对着骡子厉声尖叫。大红趴在丹尼的床前，用前爪不停地去挠他身上的毯子。丹尼看了看罗斯走后空荡荡的床，还有他通常放步枪的地方，无奈地叹了口气。罗斯这时候应该已经深入山林，正在寻找那头杀死他猎狗的野兽的足迹了。丹尼下了床，打开门让大红像往常一样在空地上跑。他洗了脸，穿上衣服，然后开始准备早餐，这时他听到大红在叫。

过了一会儿，大红又叫了起来，它一边向莫奇小河的方向跑，一边从喉咙里发出挑衅的叫声。丹尼拿起他的步枪，也加快脚步向

第三章

外走去。大红在空地边缘站着。树林里有动静，大红摇着尾巴走过去。过了一会儿，在温特比地区巡视的狩猎监督官约翰·贝利和大红一起从树林里出来了，他们向木屋走来。约翰·贝利在台阶前停了下来，笑着对丹尼说："你这是要去打仗吗？"

丹尼也笑了："我爸爸的猎狗昨天刚刚被野兽杀死了，他说那家伙很狡猾。所以我听到大红叫的时候就很警惕，马上带着枪出来了。"

约翰·贝利点了点头："是什么样的野兽？"

"猫科的。爸爸现在又回林子里继续追它去了。"

"希望他能逮住它，"监督官充满希望地说，"我们不能再让任何野兽在温特比杀死鹿了。丹尼，你有空帮我一个小忙吗？"

"非常乐意效劳，请问是什么忙呢？"

"昨天下午有头高大的雄鹿在高速路上被一辆小轿车撞伤了。它有条腿肯定断了，可能还有些内伤，不过还没有伤到不能跑的地步。我跟了它一段时间，一直跟到石头山上面的蓝色凹地上，在那儿我放了一条手帕做标记。它中途因伤重躺倒过几次，每次都留下些血迹。你能继续跟上去把它了结吗？"

丹尼点了点头。一头孤独又受了伤的野兽，会选择一直奔跑，直到它觉得自己完全安全了为止。然后它会躺下来，通常会痛苦地存活几天，最终慢慢地死去。最好是能够尽快采用仁慈的方式来结束它的痛苦。

"当然了。"丹尼赞同地说，"大红和我会去找到它的。"

约翰·贝利弯下身挠了挠大红的耳朵："你不怕这狗学会去猎杀鹿吗？"

"不会的，先生，"丹尼肯定地说，"这条狗会听我的命令去打猎的。"

"好的。你要是找到那头雄鹿了，就把它带回你家，我过段时间来带走。我会为你花费的时间付钱的。"

"没问题。"

约翰·贝利沿原路回去了。丹尼带上自己的步枪，他给阿萨喂了些麦片，给奶牛挤了些奶，然后把牛奶放回谷仓。他打包好午饭，让大红开心地走在前面，穿过山毛榉林，向石头山出发了。一只灰色的松鼠在树边绕着圈，大红饶有兴致地看着它，但是并没有去追。他回头看了看丹尼，傻乎乎地笑了笑。丹尼也笑了。大红在不知不觉中已经学得很好了。

丹尼爬上石头山陡峭的山坡，在一棵巨大的长着灰色枝干的山毛榉树前停了下来。大红在他身旁坐下，摇动着尾巴。一只啄木鸟在树干上不停地啄着，一只满嘴是山毛榉果实的花栗鼠从树干上退回去。一阵微风吹过森林，掉下几片树叶。丹尼把左边的树枝砍掉一些，看到了这个叫作蓝色凹地的山谷。他走到山谷的边缘，上下

第一章

仔细地看了看。大红走进山谷，好奇地四处嗅了嗅，突然抬起头盯着一块蓝色的石头看，这片凹地就是因这块蓝色的石头得名的。丹尼顺着它的目光看过去，看到了石头旁约翰·贝利的手帕。丹尼打了个响指把大红召回身边。

"停下来，"他命令说，"如果那里有脚印，我可不想它们被你弄乱了。"

丹尼带着大红慢慢地走到石头那里，俯下身看地面。他吹了声口哨。约翰·贝利说这是头高大的雄鹿可没有夸张。石头旁边，雄鹿的蹄印又大又平，它有条后腿的脚印拖成了一条线，在爬出蓝色凹地的途中，它摔倒了两回。丹尼拿起地上沾着血的树叶仔细观察着。

"它确实是受伤了，"他自言自语，"看上去伤得挺严重的。不过它倒是个聪明的家伙。"

他跟着脚印一直走到蓝色凹地的顶端，站在那儿沉思。这头雄鹿既然已经受了重伤，应该不太可能再去爬山或者走难走的路了。它会选择一条轻松点儿的路，那就应该是沿着山边走。要是没走那条路，应该走的是下山的路。丹尼跟着脚印灵巧地走着，破碎的被踩踏的树叶上很容易看到雄鹿的脚印，而硬的地方或石地上的脚印则不太明显，丹尼需要费些工夫才能找到。大红跟在他身边，这时候，大红想跑上山追什么猎物，丹尼把它叫了回来。

到下午晚些时候，他们已经到了石头山的另一边，这片地区都是大大小小的石头。雄鹿现在走得更缓慢了，需要频繁地躺下来休息一会儿，不过它就在不远处了。丹尼镇定地举起他的步枪，准备射第一枪。

　　于是，他走到了石头的边缘，离那头趴在地上的雄鹿很近。短短一秒的时间，他就看到了这个头上长着长角的巨大的灰家伙。不到一秒时间，他举起枪射了一发。几乎在同一时刻，这头已经没有能力奔跑和抵抗的雄鹿突然跳了起来冲向丹尼。丹尼被它甩到空中，他感觉到拿枪的手撞到了石头，头也撞到了石头上，然后就昏了过去。

　　丹尼醒过来的时候已经是晚上了。他的头疼得很厉害，左脚上似乎承受了很大的重量。他安静地躺了一会儿，身边有些动静，是大红在黑暗中着急地哀号着。丹尼伸出一条胳膊，摸到了大红，感觉它的舌头在舔自己的手。他慢慢地坐起来，头脑渐渐变得清醒了。

　　可是，当他试着想要挪动左脚时，却一点儿也动不了。这只脚蜷在石头边，被紧紧地压住了。丹尼从口袋里掏出一盒火柴，这是猎人在野外生存必不可少的东西。在微弱的光线下，他看到了雄鹿的脑袋、上身和一只硕大的角，另一只角则紧紧地抵着石头。丹尼深吸了一口气，鹿角的末端像个叉子，雄鹿冲过来时，左边的鹿角困住了他的腿。丹尼稍稍向下方挪了挪，以减轻压力。汗珠从他的额头上掉下来，当他用尽全力想要把腿拔出来时，身体一阵剧烈的疼痛。可是那头死鹿动也不动一下，那只困住他左腿的鹿角更是死死地插在地上。丹尼将上半身向前靠了靠，他伸出手指，这时已经能够碰到石头边，碰到死鹿的喉咙和嘴了，可是就是抓不住能让他用得上劲的东西，他只好又躺下了。

"现在可没空犯傻，丹尼，"他自言自语，"现在使蛮力一点儿用也没有。"

一阵疾风吹过石头山，吹得树叶沙沙作响。大红急促地尖叫起来，跑进黑夜中。丹尼吹了个口哨让它回来。

"别激动，"他喃喃地说，"是风吹得树叶响而已，放松点儿，大红。"

突然，丹尼感到一阵恐惧。这风会吹过石头山地区，这样，他走过的路就会被风吹落的叶子遮住，谁也找不到他了，甚至罗斯也没法儿准确地判断雄鹿走的究竟是哪条路，确定他在哪里。当然，他会及时组建搜救队来找自己。可是那得花多长时间？丹尼尽力向各个方向探出身子去摸索，可是仍然摸不到他的步枪。也许他摔倒的时候把它丢出去了。

他打了个响指，大红立马站到他的面前，在黑暗中依稀能看见它的身影。大红用冰冷的鼻子碰了碰丹尼的脸颊，不断哀叫着。丹尼抬起一条胳膊紧紧地搂着它。

"听着，"他一个字一个字坚决地说，"仔细听着，大红，回家！"

大红哀叫着往后退了两步。丹尼焦急地等待着，他交叉双手开始祈祷，在胸前画了一个十字。如果大红独自回家，罗斯就知道自己出事了。他会带着大红马上来找自己的，而大红一定能把他带到这里的。不过大红只是坐下来低着头。

"回家啊！"丹尼生气地命令道，"赶快回家！"

大红又哀叫了一声，站起身望着黑夜。风更大了，又有些树叶被刮了下来。大红厉声大叫着跑进了黑夜里。丹尼此时感到又寒冷又绝望，还有一些愤怒。大红第一次表现出了弱点，它竟然害怕黑夜中被风吹落的树叶！丹尼叹了一口气。大红又出现在黑暗中，躺在他身边。丹尼抬起右手拍了它的脑袋一巴掌。

"回家！"他喊着，"回家！"

大红向后退了几步，不确定地坐了下来。丹尼试图在地上滚动，可那鹿角令他动也动不了。他像被死死地钉住了一样。

"没时间犯傻，"他又说了一遍，"如果那条笨狗不肯回家，就想想别的办法。"

可除了漫长的黑夜、脚上的剧痛和无休止的等待以外，什么都没有。他转向狗，打了个响指。大红顺从地过来躺在他身边，丹尼摸了摸它的背说："我很抱歉，大红。"接着他又喃喃地说，"刚刚打

第一章

105

了你，可是，唉，要是你能回家去找爸爸就好了。"

漫长的夜晚终于在痛苦中过去了，树叶又被风吹动了两次。每一次大红都会在黑暗中又跑又叫。终于，天边出现了黎明的曙光，与此同时，丹尼突然坐了起来，他似乎听到了猎狗的叫声。它们似乎已经很接近了，大概就在离丹尼儿百米的地方。十分钟后传来了一声清脆的步枪声，丹尼痛苦地坐起来呼喊："哈——呜！"

他听到罗斯的回应："哈——呜！"

丹尼静静地坐着，从沙沙的树叶声中，他知道父亲正往这边赶来。他看见罗斯出现在山上的树林里，后面跟着三条猎狗。不一会儿，罗斯就到了丹尼的面前，蹲下来开始检查他的脚，罗斯脸上的担忧很快转成了微笑。

"不在当季猎杀雄鹿就容易这样。不过你伤得不重，在这儿待多久了？"

"一整晚了。"

"我来帮你。"

罗斯抓住雄鹿的角使劲地往上提。丹尼感觉到他的脚自由了，他坐起身来，向前倾着身子看罗斯帮他按摩受了伤的脚。大红踩在树叶上伸直了身子，高兴地看着他们两个。丹尼有些责备地看了它一眼。

"你能来我真高兴，爸爸。"他说，"我想你可能在家，就想让大红回去，可是它不肯走。也许它真没有我想象得那么棒，每次树叶一响，它就叫个不停。一条狗，居然怕黑！太不应该了。"

罗斯定定地看了他一会儿，"我打到那个家伙了，"他终于开口说话，"是只大山猫。"

"是吗？我听到你开枪了。你怎么抓到它的，爸爸？"

"我先是牵着猎狗慢慢地在后面跟踪它的足迹，跟了一整天加一整晚。"罗斯冷静地说，"等到确认足迹是新鲜的以后，我就放开猎狗让它们去追。丹尼，那些新鲜的足迹离你现在坐的地方就一两百米远。那头野兽一整晚都在观察你，当然，它肯定也闻到了狗和死鹿的气味，它在判断自己是否可以安全地展开攻击。你听到的树叶声是它在试图靠近你。要不是因为有你的狗……你要怎么感谢它呢，丹尼？"

就在这时，大红走上前来，把鼻子放进了丹尼的手中。丹尼亲昵地挠它耳朵时，大红幸福地闭上了眼睛。

此时此刻，大红不需要感谢了。

第二章

第三章

一　猎鸟犬

自从罗斯把丹尼从石头山那边带回来后，丹尼一星期都拖着受伤的左脚在木屋附近蹒跚着走路。脚踝已经被包扎起来了，需要定时用盐水冲洗以便消炎。皮克特家的人负担不起医药费，即使他们现在每个月有哈金先生付给丹尼照料大红的50美元了，他们还是从来没想过要去医院，他们认为这些自己能做的事情却付钱请别人做是不值得的。

罗斯每天都会进入山林，有时带着猎狗，更多时候是自己一个人去看他和丹尼设置的陷阱，看看还有没有需要改进的地方。罗斯很少休息，也从不浪费时间。自从丹尼能记事起，罗斯从没停止过工作，设陷阱、捕猎、砍柴火、摘黑莓、采蜂蜜，还有其他一些樵夫做的活儿。罗斯一直暗暗梦想着能拥有一些好的东西，豪华的东西，可从一开始就注定无法得到它们。不过他似乎从没有抱怨过自己的命运，并始终把尽可能多的东西带回这林中小屋。

大红和丹尼待在一起，在木屋附近闲逛，它会不知疲倦地在林中空地上转圈，或通过一条小路进入山毛榉林。不过它从不会走得太远，甚至半天不回来。尽管大红很想出去猎鸟，但还是忠实地等待着丹尼，等他身体恢复了和它一起出去打猎。

丹尼已经把那只在石头山跟踪自己的大山猫的皮剥下来了，它的皮被摊在一块板子上。这张皮原本能值20美元，可是这只大山猫的毛皮损坏了，就不值什么钱了，现在这皮是属于丹尼的了，他准备用来做成墙上的饰品。

第七天的傍晚，罗斯带着他的三条猎狗回到林中小屋。把猎狗们安顿好后，罗斯走进了屋，他坐下来疲倦地看着丹尼，笑了笑。

"怎么样？"丹尼问。

罗斯耸了耸肩："还行吧。我没让猎狗在圈套附近走动，以免上面沾上狗味儿，我们向石头山山谷那边去了。猎狗发现了一条踪迹，就叫着要追去。我真是做梦也没想到它们要追什么，就让它们去了，我尽可能地跟在后面。它们冲着一棵树叫，我追上去一看，你猜它们在追什么，丹尼？"

"什么？"

"一只大大的渔貂，"罗斯笑了，"它就在一棵松树上面，离地面大概有三米，它一定是在挑衅下面的狗儿们。当我到达那里的时候，那只渔貂跑到树林里面躲起来了。我当然是有机会抓到它的，得到它那跟黄金一样贵重的皮。你应该见过它，丹尼。它身上的那种黑色很亮，毛皮很光滑，如同丝绸一般。冬天来了，要是能把它的皮做成衣服穿在身上，那衣服一定很值钱。"

"哎呀，"丹尼叹了口气说，"我已经有两三年都没有见过渔貂了。"

"数量不多了，"罗斯继续说道，"我想很快就可以杀死那只我遇到的渔貂了。"

他们吃了晚饭，然后洗好碗，接着就修理起罗斯那把有问题的步枪。步枪的发射器好像出现了点问题，修好之后，他们就上床睡觉了。丹尼睡到很晚才起来，但是罗斯天刚蒙蒙亮就起床了，应该是又去设置捕捉渔貂的陷阱了。大红无法理解为什么丹尼会在家里游手好闲，而不是像往常一样到有趣的森林里去。于是，它走进房间，伸出爪子去把丹尼叫醒。丹尼咧嘴笑了笑，穿好衣服后，他小心翼翼地把鞋子放到地上，然后把脚塞了进去。虽然有点儿疼，但是他还是可以站起来，只是走路有点儿一瘸一拐的。丹尼搅拌了一些面糊，正要做一些煎饼的时候，大红发出了警告的咆哮声。是有人走近屋子了。

"嘿，丹尼。"一个声音说道。

丹尼疑惑地看看四周。他的访客不是那些可以随意设置陷阱的捕猎者，而是哈金先生——他的雇主，他穿着一条牛仔裤，一件褪了色的灰色衬衫，脚上穿着一双皮鞋。

丹尼立刻说道："我不知道是您，哈金先生。"

"是，"哈金先生笑了笑说，"我明天要走了，去南方，所以顺道来拜访你。"

"非常欢迎您。"

哈金先生看起来憔悴不堪，他扫视了一下整齐的小屋。丹尼看着他，感到十分疑惑。哈金先生有足够的钱买任何他想要的东西，但是从他的眼神里看得出，他好像是有点儿羡慕一个搭建在山毛榉林里的猎人的小屋。不会的，应该不是那样的。更有可能的是，哈金先生厌倦了什么东西，来这里是想安静一会儿。这时候，丹尼觉得，钱并不能买到一切。当哈金先生看到大红，他的疲倦仿佛立刻就消失了。他热情地说："要是我们把它带到纽约，它还可以保持这样的形象，那么它就可以赢得最优奖了，丹尼。"

丹尼放松下来。他想，哈金先生也不只是什么百万富翁。他就像罗斯一样，或者跟其他人一样，也喜欢好狗。但是哈金先生知道更多种类的狗，那些狗，罗斯甚至连做梦都没有见过。他清楚地记得那场犬展比赛，甚至是最小的细节，当然还有取得巨大胜利的时候，那时候大红获得了"最佳品种"的称号，但是那场表演似乎还有点儿什么遗憾。

"大红看起来很不错，"丹尼点头说道，"我在想……"

他犹豫起来，哈金先生问道："你在想什么啊？"

"我在想，为什么这里不能有更多的犬展比赛。"丹尼吞吞吐吐地说。

"你跟我想的一样，丹尼。你还记得那条跟大红一起争夺最佳品种的小母狗吗？"

"哦！"

"是的，"哈金先生叹了口气说，"我还是没有足够的钱把它从马格鲁德手里买回来。我会一直努力的。只要我买下它，就会把它送到这里来。还会有犬展比赛的，从现在开始，以后的20年都会有的。"

"是的，先生。"丹尼高兴地说。他瞥了一眼炉子问道，"你想吃早餐吗？"

"那是肯定的事。我还饿着肚子呢，你这里有什么啊？"

"大薄煎饼。"

"哈哈！我很长一段时间都没有吃到过煎饼了。我的厨师说那是……算了，他那是一种侮辱。你有枫糖浆吗？"

"从树上把树汁用瓶子装起来，然后自己熬制的。"

"我好喜欢！"

丹尼做了一大盘子的大薄煎饼，把它们放到桌子上。他打开了一罐枫糖浆，递给哈金先生。哈金先生端过一大盘的煎饼，涂上黄油，然后蘸了枫糖浆吃了起来。他一边吃，丹尼一边给他讲大红的事，主要是关于大红抓鹧鸪的事，还说了自己对大红所有的希望。

"现在我记住了你说的话，"哈金先生说，"但是，我不得不走了。明年春天再见。"

"是的，先生。我会好好照顾大红的。"

"我知道，"哈金先生说，"祝你好运，丹尼。"

他们握了握手，之后，哈金先生就大步走向了烟雾朦胧的河边小路。丹尼坐在走廊最高一级的台阶上目送着他离开。大红也走过来坐到了他的旁边，丹尼拉拉它的耳朵。他隐约感觉心中烦乱，因为他对犬展比赛的记忆一直挥之不去，他仍然没办法确定，到底大红在那场比赛中的表演有什么遗憾。也许是另一只狗的事，当然，不管发生什么事，再也不会有哪只狗能像大红这样了，但是……

丹尼没有再多想，站起身来回到屋里洗盘子去了。然后他从架子上拿了一把锯子，走向旁边的林地里，开始锯起木头来，他把木头锯成适合火炉使用的长度，然后堆放在一起。大红坐在旁边看着他。丹尼努力工作着，试图靠体力劳动来驱赶他脑子里边想到的一些问题，但是他还是忍不住去想。下午四点，大红大叫起来，丹尼抬头一看，原来是罗斯从山毛榉林里跑了出来。

罗斯的帽子掉了，左手上抓着外套。他的脸因为剧烈运动而变得通红，从他的眼里看得出他十分兴奋。大红跑过去迎接他。丹尼也放下了锯子，直直地站在那里。罗斯气喘吁吁地站在柴房门口，他背靠着门，想让自己尽快平静下来。

但是，他还是很着急地想要告诉丹尼一些事："丹尼……"

丹尼抓住他的胳膊，担心地看着父亲的脸。

"怎么了，爸爸？"他问道。

"我——我是从山脊回来的，"罗斯喘着气说，"我回去找那只渔貂去了，而且我看到它了。但是在我和它之间有一条小溪，而且风是往我这边吹的。我正四处找出路的时候，我看见了那头该死的厉害的大熊。它不是在你和大红把它赶出森林之后就离开了吗？但是，现在它又回来了！我看到它的时候，它正在吃一头死掉的鹿，它吃完之后就慢慢地走进了一片铁杉树林。丹尼，那头熊吃饱了，在明天早晨它肚子饿之前，它是不会出来的。明天天亮之前，我会带它到那里去的，我要结果了那头熊！"

丹尼转身回屋了。他知道那头老熊，它是这里每个人都害怕的敌人，它无情、恐怖，现在它又回来了！不久之后，它将再一次出来袭击这里的牲畜，这是个杀死它的绝好机会。它应该被杀死。丹尼看着大红，强忍着对熊的憎恨。大红曾经咬过黑熊，它可以再次这样做。只是……丹尼正想得出神。罗斯希望把大红变成一条凶恶的狗，有时候不得不这样，现在就是时候了。

"我认为这样不行，爸爸。"

"什么？"

"我……我觉得大红不应该变成一条凶恶的狗。"

"哈哈！那你拿这条狗来做什么？"

"嗯，它可以抓鹧鸪。"

"那些小小的棕色的鸟吗？你太可笑了！你不能把这么好的一条狗浪费在捉鹧鸪上。"

丹尼绝望地说："你知道，就好像有些事那个人可以做，但是有些事却做不了一样。让大红变成恶狗就好比让哈金先生的血统优良的马匹做阿萨的工作。在大红的身体里流淌着的正是这种抓鹧鸪的狗的血液。"

"是吗。那是哈金先生告诉你让它做猎杀鹧鸪这种事的吗？"

"哈金先生什么也没有说，"丹尼悲伤地说，"我只是知道大红就是一条抓鹧鸪的狗。"

"你怎么知道？"

丹尼试图用他短暂的纽约之行和跟哈金先生交谈学到的一些语言来表达，但是他说不上来。他以前总是接受罗斯的说法，那就是，狗就是狗，狗儿们做的事总是根据主人的意愿来的，但事实上不是这样的。几千年来，一直都有特殊的狗儿做着特殊的工作，腊肠犬能够进入獾洞，征服原来的居住者，灰狗是为了快速地奔跑追逐，爱斯基摩狗是为了拉雪橇的……你只有真正知道它们的血统，才能真的欣赏狗儿们，也才会清楚为什么养狗的人会喜欢它们，才能真正理解它们。在大红的身体里流淌着的是猎鸟狗的血液，而鹧鸪是这里唯一可供捕捉的鸟，让它猎杀其他任何动物几乎都可以称之为犯法。但是这些要怎么解释给罗斯听呢？

"我就是知道，"丹尼悲伤地说，"大红猎杀熊只是因为它以为熊要伤害我。"

"好，如果你是那样想的……"

罗斯扭头走进了小屋，准备起晚餐来。吃过之后，他帮着洗好了盘子，然后就来到通常待着的炉子旁边。当大红试图把自己的鼻子凑到他手上的时候，他并没有注意到。大红感受到了罗斯的漠不关心，于是重新回到了丹尼那里。丹尼正独自坐在那里生着气。罗斯也感觉到自己被伤害了。因为他一直没有听到丹尼说大红是一条猎鸟犬的好理由，而且他觉得这话听起来很愚蠢。他们就这样静静地睡觉了。第二天早上，丹尼起床的时候，罗斯已经离开了。他带了一条猎犬出去，但是没有叫丹尼一起去。

丹尼在独自吃早餐的时候心情很是沉重。吃完早餐之后，他打开了门，十月的阳光斜射进来。大红冲了出去，原来是老麦克在那里，大红的鼻子在老麦克的身上用力地嗅着，然后它飞奔向丹尼。丹尼拉了拉它光滑的耳朵，抚摩着它的口鼻。要是罗斯可以像丹尼这样看着大红就好了！他跟大红离得那么远是不明智的，到时候他就会理解了。这时候，秋天的阳光已经发挥它的魔力了。

他们迈着轻快的步子，森林里的树叶被他们踩在脚下，发出脆裂的声音，他们就这样进入了山毛榉林。大红往树林里跑去。但是当丹尼吹口哨让它停下来的时候，它就停住了，然后转身急匆匆地往回跑，在快要来到丹尼身边的时候纵身一跃，片刻就回到了丹尼身边。

"停，在这里停，大红。"丹尼轻声地说。

狗儿颤抖了一下，但是还是找到了自己的方向。丹尼俯下身，尽可能安静地扒开树丛里的叶子。他顺着大红看着的方向，看到了一只独自行动的鹧鸪从树丛中冲了出来。大红紧急地跟上前去，刚跑了三步就听见丹尼叫它：回到这里来，大红。"

丹尼的腿突然没了力气，他坐了下来。大红回来了，它一边摇着尾巴，一边懒洋洋地吐出了舌头，丹尼把两条胳膊都搭在了它的脖子上。他静静地坐在那里，脑海里不断重现着刚刚目睹的那一幕。当你看到猎犬就在前面，听到它们追赶猎物发出的吵嚷声，还听到它们疯狂地把猎物逼到了角落的声音，一定会感到惊心动魄。虽然这样的猎犬是好样的，但大红，它是个艺术家，甚至罗斯都毫不怀疑它具有十分敏锐的嗅觉。想到这里，丹尼站了起来。

"走吧，大红。"

一路上，他们又发现了三只鹧鸪。遇到第二只的时候，大红还有一点儿激动；但是到了第三只，它就已经很冷静了；当遇到第四只的时候，它便处理得十分恰当了。每一次丹尼都要调整一下呼吸，最后他终于可以松口气了。大红闻到有鸟类在附近，但是它非常聪明地让自己保持着冷静，即便是它看见了也没有什么动作，这简直让人难以置信。可是，遇到四个猎物都没有追击，这会让猎犬对捕猎感到厌烦。丹尼带着大红来到了高高的山顶散步，那里只有长得很高的甜蕨菜，几乎没有鹧鸪。在那里，一个赌气的决定在丹尼的脑海里突然形成了：如果罗斯不想让他一起去打猎的话，那么他也不会乞求要跟着去！他不需要设置陷阱。哈金先生付给他每月50美元的工资已经足以满足他们的日常开支。这样想着，他慢慢地走下山回家去了。

当他到家的时候已经是黄昏了，在窗外就可以看见灯光，他知道罗斯已经回到家里了。丹尼打开门，而大红安静地躺在了地上。罗斯正站在火炉旁边，这时候他转身说话了。

"你好呀。"

"你好。"丹尼一边回答一边忙着摆桌子。他不时偷偷看大红一眼，有一次他看见大红正无声地望着父亲的后背。而罗斯只是眯着眼睛，嘴角顽固地抿成一条线。大红再一次看了一下罗斯的后背，丹尼决定在父亲再次说话之前绝不再开口，但是他不能一直不说话。最后丹尼试图让自己的语气变得轻松起来。

"爸爸，今天你去了哪里？"

"出去了。"

丹尼的脸红了，思想又开始变得顽固起来。或许罗斯认为他不能让大红成为一条捕鸟猎犬，但他会让罗斯看看的！丹尼会证明这样的狗比做普通猎犬更有价值，而且是一样实用。但是要证明任何一条猎鸟狗值得人们给它吃那么好的食物，可不是一件容易的事，这比用玩具铲子移走一座高山还要难。

晚饭后，丹尼和大红坐在了一起，他抚摩着它的耳朵，挠着它的下巴。罗斯则完全无视这条狗，而且在他看来，这条狗跟他一点儿关系也没有。

这里的第一场雪下起来了，而鹧鸪也是在这时候变得多起来的。和往常一样，罗斯会在天亮前就出去，回来的时候，总是带着他设置陷阱的线。当丹尼带着他的猎枪和大红出去的时候，他在雪地上满怀希望地寻找着足迹。往年这个时候，他总是跟他的父亲一起出门捕猎。而这一次，他扛着枪，坚决地往相反的方向走去，他朝着松树和铁杉灌木丛走去，他认为那边一定会有鹧鸪的踪影。

当他走进了一片茂密的铁杉林的时候，大红走在了他的前面。大红在前面好像发现了什么，丹尼慢慢地靠了过去。

突然，他看见一只鹧鸪冲出了铁杉林，大红马上一闪而过，丹尼顺势开枪射击。一只棕色的鹧鸪由于受到惊吓，羽毛全都竖了起来，并落到了雪地上。大红犹豫了一下，它看着丹尼，好像在问应该怎么做。丹尼挥手指挥它往前。

"快去，"他说，"抓住它。"

大红往前跑去，它有点不确定地站在鹧鸪面前。它看了一眼丹尼，然后又看看那只鹧鸪。

"把它递给我。"丹尼温和地说。

大红低下头嗅了嗅那只鹧鸪，然后轻轻地叼在嘴上。丹尼把鹧鸪拿过来，扔到雪地上，大红又把鹧鸪捡了回来。他们继续前进，在大红的指引下，丹尼又射中了三只鹧鸪。在射中最后一只的时候，虽然大红还是跟往常一样动作有点儿不流畅，但是它还是捡回来了。它猛烈地摇着尾巴，两眼闪着光，它很感激丹尼为它准备的盛宴。但是到最后，他们能捕获的还只是这些。

那晚，丹尼先到家，罗斯回来的时候，晚餐已经准备好了。罗斯没有得到毛皮，因为他今天去设置陷阱了，他拉开打猎穿的夹克，拿出了四只鹧鸪。他把鹧鸪放到桌子上面之后就去脱大衣和洗手了。

丹尼的脸顿时变得通红。罗斯没有带狗，但是罗斯带回来的鹧鸪每一只都是被击中头部，他用的枪是他去看陷阱的时候偶尔会带着的二十二口径的手枪，每只鹧鸪都是被那小小的子弹打死的。

鹧鸪慢慢多了起来，到后来，丹尼发现自己的预感是对的。大红不仅仅是一条猎鸟犬，而且是一条出众的猎鸟犬，它是万里挑一的。它可以很快发现鸟类的踪迹，而且能准确地朝鸟儿的方向飞奔过去，丹尼几乎快赶不上它的速度了。大红已经被丹尼带到森林里捕猎鹧鸪有九次了，每一次它都做得很完美。无论在多么茂密的树丛里，大红都可以把它们找出来。从这以后，他们每天都一起出去打猎。

　　每一只鸟，只要是丹尼打中的，大红都带回来了，没有丢失过一只。偶尔有兔子从大红面前跑过的时候，它已经一点儿也不在意了，它对在树上喋喋不休的松鼠也漠不关心。而且，它捕猎的时候，除了鹧鸪，任何其他动物留下来的气味已经不能激起它的丝毫兴趣。现在，在这个季节的最后一天，它和丹尼出门去打最后一天的猎。

　　罗斯也像往常一样，早早就出发了，这时候的天空有几片雪花飞舞着飘落下来。微风搅乱了寂静的树林，蓝色的地平线和乌云密布的天空预示着有大风暴要来了。丹尼回到小屋拿了一件羊毛夹克穿在身上，同时他还放了六颗子弹在口袋里。

　　"要变天了，我肯定，"他低声说道，"冬天已经来了，大红。"

　　树叶上，一些冰凌和雪花被风吹得沙沙作响。他们走路的速度很快，过了一会儿，他们已经到达他父亲狩猎范围的边缘了。但是他并不在意，因为大红的训练正在紧要关头。丹尼突然像石头一样

121

停在了那里，一动不动。在树林旁边的一条小路上，丹尼看到一只鸟儿飞了起来，它穿过树干，然后迅速转身。但是在一刹那间，它又飞向了山毛榉树的树杈上。丹尼立刻开始射击。鸟儿被射中后径直摔了下来，早就等候在一旁的大红见状，立马飞奔过去把鸟儿捡了回来。

他们继续前进，不久便来到了更加茂密的山毛榉林里，在这里，他们发现了更多的鹧鸪。但是大红花了足足一小时才确定一只鹧鸪的位置，而且由于那只鹧鸪飞得太快，丹尼根本就没有机会进行瞄准射杀。等到丹尼猎杀到另外一只鹧鸪的时候都已经是中午了，这时候他才意识到，是时候返回小屋了，再走下去的话，他们恐怕很难再找到来时的路了。要知道，越下越大的雪很快就会将他们来时留下的足迹覆盖，不留一点儿痕迹。而且更糟糕的是，风也变得更大了，温度会越来越低。看着狂风中夹杂的冰雪，丹尼无奈地把指关节捏得啪啪作响。

"过来，大红。"

大红极不情愿地走过去。它的耳朵耷拉着，尾巴也沮丧地垂在后面。它和丹尼都清楚，他们只猎杀到四只鹧鸪，大红真想多打一些猎物，它很希望眼前的这个男孩再次返回铁杉林，最后却发现丹尼朝着小屋的方向走去了。

风肆意地吹打着丹尼身上的衣服，把雪花吹进了他的眼睛里。

他低下头把衣领往上拉了拉。地上的积雪目前有三十多厘米厚了，雪深的地方甚至都齐腰了，丹尼每往前走一步都觉得十分艰难。大红一直跟在丹尼后面，跟着丹尼的足迹往前走。

他们到家的时候天已经快黑了。丹尼打开门，把鞋子上的积雪抖下来才走进屋子，随后一屁股坐在了椅子上。大红在地板上也伸展了一下身体，它用眼角的余光瞄了一眼丹尼。丹尼看见了它的小动作，走过去轻轻地拉了拉它的耳朵。

"你可真是个傻瓜，这不是你的错，"他亲切地说，"该做的你都做了。"

听见丹尼这样说，大红也松了口气，它高兴地站了起来，走到门边坐了下来。而丹尼则脱下他的夹克放到了椅子上。他的眼睛盯着炉子里的火苗，一动不动。

"不会了，以后不会再这样了。不管怎么说，我们的食物差不多够吃了。地窖里还有一堆鹧鸪罐头呢，万一食物不够的话，我们可以食用那些。"

大红又回到它在屋里的老位置，闷闷不乐地卧在那里。丹尼从一个火腿上切下一片厚厚的肉，还从大罐子里拿出许多土豆开始削皮。罗斯现在还在顶着暴风雪打猎，等他回来后一定又冷又饿，需要吃点营养丰富的食物，而且要吃很多。丹尼做晚餐的时候故意放慢了速度，他需要用杂乱的家务活来调节纷乱的思绪和担心。等罗斯回来的时候，晚餐应该就可以做好了吧。

他走到窗口，凝视着眼前这片漆黑的山林，这时候，他更加恐慌起来。他心里想着不能再浪费时间了，但是他还是坚持再等十分钟。

十分钟过后，他收拾好了包裹，里面有一大瓶热咖啡、足够三天食用的食物、一副刀叉、很多火柴，还有两张羊毛毯子。他穿上了最温暖的外套，把毡帽拉下来盖好耳朵，然后又把墙面挂钩上的雪地靴取了下来。

看到这些，大红非常兴奋地跳了起来，它摇着尾巴看着丹尼整理衣物。丹尼看着眼前兴奋的大红，心想，这条狗没有多大用处，它只会捕捉鹧鸪，假如罗斯就在三四米远的地方，它也不会注意到的。

"不是你想的那样，大红。接下来的狩猎我要一个人去。"

大红耷拉着耳朵，似乎清楚了丹尼的意图，它无声地乞求着。丹尼看看远处，又看看大红。他知道大红不会是暴风雪中的好帮手，但是可以做个伴，这也没什么坏处啊。

"好吧，来吧。"

丹尼从高高的台板上取下了平底雪橇，然后走了出去，而大红一直在外面不耐烦地等待着。接着，丹尼就在黑夜里开始前进，大红一路上都跑在他的前面。丹尼疼爱地看着眼前的大红一下子冲向荆棘林，他咧嘴笑了笑。大红还是对自己只找到三只鹧鸪而感到羞愧，它正试图弥补这一切。

这时候，雪花大片大片地从天空飘落下来，轻轻地落在地面上。风力已经慢慢减弱了，现在也不像刚才那么冷了。罗斯独自出去，没有帮手，也没有带太多御寒的衣服，他一定冻坏了。想到这里，丹尼的脚步变得沉重起来。最近，他几乎都没有跟父亲说什么话，但是他知道去哪里找父亲。昨晚，罗斯带回来两只麝鼠和貂皮，要抓到貂只能是在水边。因此他一定是在那个人迹罕至的池塘边的陷阱附近。今天他应该是去石头山脊抓狐狸。

但是，即使是这样，在找到父亲之前，他也必须仔细地搜寻。丹尼知道自己的任务很重，他有点儿绝望了。如果罗斯晕倒的话，可能会摔跤，或者被树枝弄伤，还会被雪覆盖。假如是这样的话，在雪融化之前，丹尼就很难发现他了。丹尼握紧拳头想要努力消除这个想法。爸爸是个经验丰富的猎人，他应该不会遇到这样的事故。但是丹尼必须承认，在丛林中打猎，没有人能预见和避免意外情况。所以，他只好闭上眼睛，深吸了一口气，他必须面对所有可能发生的情况，他要做好思想准备。

丹尼正想得入神的时候，大红突然高兴地跑了回来，然后又向前跑去。丹尼拖着雪橇走上了那条长长的陡峭的小路，那条路就是他父亲去石头山脊的必经之路。他低头看了看路旁的一个枯树桩，

第三章

这是他们父子俩使用的一个标记，用来测定自己的位置。一个小时之后，当他再次看到树桩时，他知道他和大红前进了大约两千米的距离。虽然看上去速度并不快，但是，对于一个拖着雪橇在雪地里走的人来说，这已经算是比较快的了。

时间过得很快，就在丹尼又继续前进了大约四百米的时候，已经非常疲累的他不得不停下来休息。他重重地喘着粗气，汗水从他的额头和后背一直往下流着。他把毡帽取下来，解开了夹克。就在这时，大红跑回来焦急地站在他的旁边。

"要是我以前教你搜寻的是人而不是鹧鸪就好了，"丹尼几乎都要难过地哭出来了，"要是那样就好了！"

他很着急，因为担心父亲的安危，所以很快又继续前进了。罗斯一定就在某个地方，就在他设置的某个陷阱的附近。但是如果他不在陷阱附近的话，他的儿子会找遍石头山的每一个角落，一定不会让他就这么死去的。对丹尼来说，没有什么比父亲更重要。前不久他还因为大红跟父亲争吵，现在看来，那时候的自己简直是太愚蠢了，自己应该让大红捕猎任何罗斯想要的东西。要是他还有机会跟父亲说说话，他一定会向父亲道歉的！

丹尼的脑子很乱，他跌跌撞撞地倒在了雪地里，然后又挣扎着站了起来

"继续走！"丹尼吼道。

大红不确定地朝前走了两三步后停了下来。丹尼生气地朝它冲了过去，伸手去抓大红的项圈，但是他的雪地靴好像被什么东西绊了一下，身子不由自主地倒了下去。他的手陷入了深深的雪地里。这时，他摸到了一个柔软的东西，还是弯曲的。那是一个人的腿，还穿着裤子。丹尼顿时疯狂地挖掘起来，他把罗斯从雪堆里刨了出来，然后赶紧把手伸进罗斯的衬衫里面。

他发现父亲的身体还是暖的，而且心脏还在跳动。

他们第二天才回到小屋，丹尼为父亲准备了两只烤鹧鸪和一大堆土豆泥。他把枕头垫在罗斯的身后支撑着，当看到罗斯狼吞虎咽地吃掉食物后，他咧嘴笑了起来。

"对于一个差点儿死掉的人来说，你的确是饿了，"丹尼说，"你怎么能吃掉这么多的食物呢？"

罗斯也笑着说："谁也杀不死像我这样的老家伙。"他一边说，一边扯下一块烤鹌鹑肉，然后看着大红说："大红，过来，来这里吃点东西吧。"

大红流着口水走了过去，同时摇着尾巴感谢罗斯的馈赠。丹尼的眼睛睁得大大的，因为他深爱的父亲现在好像也爱上了他最喜欢的伙伴。罗斯看了看丹尼，知道他在想什么。

"为了这条狗而争吵实在是太愚蠢了，难道不是吗？虽然我还没有很疯狂，但是也算得上是一头蠢驴了，我应该听听你要说什么的，现在，我知道一条搜寻狗是怎样的了。当我躺在那条老路的雪下面的时候，我想自己一定会像煮熟的鹅一样死掉。丹尼，那条狗是怎样找到我的呢？"

丹尼严肃地说："大红能找到你，是因为它的鼻子比人和一般的狗的鼻子都要灵敏得多。"

这是他第一次向父亲说谎，但是那更像是理由，而不是谎言。大红是一条彻头彻尾的猎鸟犬，当它在雪地里指出罗斯的位置的时候，确切地说，它找到的不是罗斯，而是罗斯射杀后放到口袋里的两只鹧鸪。

二 看出端倪

第二天早上，丹尼带着大红来到了人迹罕至的池塘边打猎，打到了两只麝鼠和一只貂。回家的时候已经傍晚了，丹尼看见罗斯弯着身子坐在火炉前面。看到丹尼回来，他直起身，露出红红的干干的脸颊，还有干裂的嘴唇。罗斯努力地抓住椅背，想要站起来。

"怎么样？你找到毛皮了吗，丹尼？"罗斯故意漫不经心地问道。

"两只麝鼠和一只貂。你生病了，爸爸，要注意自己的身体！"

"我吗？"罗斯嗤笑道，"我都有20年没有生过病了！"

"是有20年没有生过病，但是你现在就病了。"丹尼把他的皮外套放在门廊说。

罗斯固执地说："我才不愿意像个窝囊废一样躺在床上呢！"

"你现在说这话就像是一个两岁的孩子！"丹尼责怪道，"难道你想让自己得肺炎吗？"

"哦，那样我就太蠢了。"

"当然了！"丹尼有点讽刺地说，"一个在雪堆下面都躺过五六个小时的人，在床上躺上几个小时算什么呢，对不对啊，爸爸？"

"是的，你说得没错！我更愿意你也跟我一样躺在床上休息！"

罗斯脱下外套爬到了床上。丹尼觉得父亲现在心情很好，就从橱柜里拿出了一瓶威士忌，这酒在橱柜里已经待了差不多五年了，他和罗斯一直都没有喝过。他撕开封口，往玻璃杯里倒了半杯酒，然后把玻璃杯放进热水里。

酒差不多热了的时候，丹尼端起杯子递给罗斯说："来，爸爸，喝掉它。"

罗斯接过杯子一口气喝得干干净净，然后扮了个鬼脸，说："嘿！你既不想让我死掉，又不愿意治好我，是吧？"

"赶紧盖好被子，"丹尼命令道，"要是两个小时之后你还是没有好转的话，我就要去找斯梅德利医生了。"

第三章

"叫他到这里来要花掉你25美元哦！"罗斯拒绝道。

"即使要花掉200美元我也不在乎，"丹尼说道，"关键是要赶快治好你的病。"

"这真是个愚蠢的决定。"罗斯咕哝着。他盖着毯子，整个人愈发慵懒起来了，"约翰·艾伦在这里。他希望你可以帮着他把牛群赶下山。我会告诉他，你愿意帮忙。作为回报，他会给你一大块牛肉。"

"我……我不能帮他。"丹尼拒绝道。

"为什么不呢？"

"明天早上我要去石头山上。明天是猎鹿的好时候，我得去猎杀一头雄鹿好过冬。后天我还会去那个池塘。"

"去石头山的事情可以等等，"罗斯说，"那里都是狐狸，而且在暴风雪过后的两三天之内都不会有鹿去那里。明天你去帮助艾伦，要是有必要的话，第二天你再去山上。当然，我认为那时候你也没有必要再去了，因为，那时候我可以去了。"

丹尼严厉地说：“在你痊愈之前，你哪里也不许去。但是不管怎样，我会帮助艾伦的。”

丹尼仔细地拍打着带回来的麝鼠和貂，接着小心翼翼地将它们的皮剥下来，皮毛要是处理得好，可值钱了。他挑剔地检查着自己的工作，最后才回到了屋里。罗斯这时候已经睡着了。丹尼走过去看看，罗斯的烧已经退了，额头凉凉的。

第二天早上，罗斯吃了三个煮鸡蛋和一杯牛奶。吃完早餐，他自己下了床，坐在火炉面前。当丹尼看见他起来时，瞪了他一眼。

"你太大惊小怪了，别这样看着我，你现在的眼神就像一只老母鸡在看小鸡那样。"罗斯倔强地说，"我就是要起来，不想再躺着了。"

"你应该睡在床上的，爸爸。"

"啊，我就坐在这里。累的时候我会回床上去的。"

"那好吧。"

"我知道你是为了我好，"罗斯傻笑着说，"你快去帮艾伦吧，他说会在草场上等你。"

"好吧。骡子已经喂好了，奶牛也挤过奶了。我马上就去。但是如果今晚你的病情变严重了的话，无论如何我都会叫斯梅德利医生来的。"

"哎呀，没有必要。"

"你照顾好自己，我就没必要叫医生了。"

"我会照顾好自己的。"

"那好，记住我的警告哦。"

丹尼戴上帽子，穿上外套，带着大红出门了。他想也许该穿上雪地靴，但是山上积雪才20厘米深，只有在开阔的地方，风长时间地吹向那里，雪花才会在那里堆积，所以，山上的积雪反而没有平地的积雪深。不过，现在是早晨，平地上的积雪还不至于太深。因此丹尼没穿雪地靴，走下了山谷，然后爬上了高原。

冷风从山坡下面吹上来，夹杂着细细的雪花颗粒。在这里，积雪已经没过膝盖了，但是去往山脊的牛群已经将这里踏出了一条路。丹尼穿过森林，走向一大片铺满野生枯草的草地，他靠在树桩上休息一会儿。远处，大概有十头牛走出森林来到草地上，但是很快又躲进了灌木丛。丹尼看着它们咧嘴笑了起来。

"就是它们，大红。艾伦的那些温驯的母牛。"

艾伦是个农民，他自己只有一小块地，但是每年春天，他都会买下四五十头牛，有小牛、公牛、肉牛，艾伦让它们在这片高地上吃草。到了秋天，就在下雪后不久，他就会把这些牛赶下山卖掉。

这时候，有个人带着一条长毛牧羊犬从树林里走过来，大红急切地站起来，跑过去迎接那条牧羊犬，然后在它身上闻了闻。那条狗是艾伦用来放牛的狗。两条狗打过招呼后肩并肩地走向丹尼，还摇着尾巴，艾伦在他们身后喘着气跟过来。

"来很久了吗？"他问道。

"刚到，有什么新鲜事吗？"

"没什么，关在丹黛谷的囚犯中，有一个越狱了。你看见牛了吗？"

"我刚看见十头掉队的牛，约翰。这些牛看到我后又躲到灌木丛里去了。"

"牧羊犬会把它们追回来的，"艾伦自信地说，"你想要走哪边，丹尼？"

"我想要快点儿找到其他的牛，给我半个小时。"

说完话之后，丹尼沿着路上牛的脚印走上了一条弯曲的路，他穿过了一小片被踩踏过的山林，那里有很多小片的草地，他在一片没有被破坏的森林面前停了下来，开始寻找。牛的脚印最后在一大片积雪面前消失了。丹尼又向前走了三四十米，然后坐下来观察。牧羊犬已经把那些牛从它们的藏身之地和吃草的地方赶出来了，丹尼的任务就是把牛赶出森林，然后赶下山。经过圆形的栅栏，再往前就是畜栏了。

这时候，他听见了狗叫声，紧接着一连串的狗叫声传了过来。大约十分钟后，一头灰色的公牛带着十二头母牛和一些小牛沿着小路跑过来。大红竖起耳朵，丹尼跑到小路中间挡住牛群。公牛看见他就把脚牢牢地撑在地上，站在那里低下了头。突然，大红大声地咆哮起来，同时，猛地向前冲去。这头公牛停了一两秒钟，然后转身带着母牛和小牛快速地向山下跑去。

大红在它们后方，不停地追着咬它们的脚踝来驱赶它们往前走，一会儿又气喘吁吁地跑回丹尼身边。

"它们不会伤害我的，你真是个大笨蛋，"丹尼咧嘴笑了起来，摸了摸大红的耳朵，亲切地说，"但是，如果你是一条牧牛犬的话，那么我们很快就会把它们赶下山去了。"

又有几头小母牛跑了过来，然而，大红已经学会了赶牛，它的眼睛闪烁着兴奋的光芒，和丹尼一起慢慢地把牛往山下赶着。这时候，艾伦满脸通红出现在前边，他的嘴里叼着小烟斗，脸上挂着像胡子一样的冰碴。

"有跑掉的牛吗，丹尼？"他喊道。

"一头也没有。"

艾伦继续喊道："我听见你的狗在叫，它是在追赶牛吗？"

"是的。它和牧羊犬正在追赶牛群，把它们赶到山谷里。"

"让它们去吧，"艾伦说，"那就是我想让它们去的地方。那些牛自认为聪明得很呢，知道跑向茂密的峡谷里。但是它们正好跑进了我的圆形栅栏，而且再往前跑就进入了畜栏。我们就是要让它们来这里，丹尼。"

"好的，我会照你说的做。"

就这样，他们两人朝着峡谷走去，最后他们看见两条狗一起坐在畜栏的门口。畜栏墙里，许多牛在里面转来转去，有的牛静静地站着看外面。艾伦关上畜栏门，大红朝着丹尼摇着尾巴走了过来。现在太阳已经下山了，周围渐渐暗了下来。这一天，他们几乎都在追赶牛群，时间过得非常快，艾伦依在畜栏的门上双手合十，谢天谢地终于完成了把牛赶回来的艰巨工作。

"它们全都在这里，"他说道，"告诉罗斯，我会宰了最大最肥的那头牛，然后带给他这头肥牛的后腿肉。去我家吃晚饭怎么样，丹尼？"

"谢谢，"丹尼说，"但是我必须马上回去了，我爸爸病了。"

"我知道他病了。如果有用得着我的地方，你尽管开口。"

"我会的。再见！"

"再见，丹尼。"

丹尼沿着原路往山坡走去，他早晨来的时候在那条路上做了记号。当他穿过山谷的时候停了下来，他能看到不远处自家的小木屋，这才放下心来了。丹尼走进屋里，看见罗斯正在床上咧嘴笑着。

"你的晚餐热在炉子上，丹尼。"

"你今天感觉怎么样啊？身体好点了吗，爸爸？"

"我都要烦死了，"罗斯厌烦地回答道，"我一整天都待在家里，感觉自己无用得很。你帮艾伦把所有的牛都赶下山了吗？"

"每一头都赶回去了，就连最小的牛犊都赶回去了。"

"大红做了些什么呢？"

"它也帮着我追赶牛群。它的身上沾满了杂草，但是没什么关系，吃过晚饭之后我会帮它梳理的。"

丹尼走过去，摸摸父亲的额头，温度还是有点高，但是没有昨

135

天那么烫了。他吃了晚餐，然后洗好盘子，接着铺了一张报纸在地上。大红高兴地跳了起来，站在报纸中间，当看到丹尼从架子上把梳子和刷子拿下来的时候，它充满期待地等丹尼来给它梳理毛发。大红不喜欢洗澡，但是它喜欢丹尼为它梳理毛发。丹尼在大红的身上仔细地梳理着，认真地为它去除每一根毛刺、每一块泥土，理顺它凌乱的毛发。在煤油灯闪烁的微光下，被梳理干净的大红重新焕发出光彩，在床上的罗斯也看着它，投来了满意的目光。

"我越看这条狗就越是觉得它很不错，丹尼。"罗斯说。

"是的。"丹尼一边站起来一边说。这时候，大红也跃出了报纸。丹尼弯腰把报纸卷了起来，塞进炉子里，大红走过去，用它刚被梳理顺滑的脸颊去摩擦丹尼的腿，它对丹尼为自己做的一切感到满意。丹尼被它逗笑了，弯下腰来亲昵地摸摸它的耳朵。

"你可真是个爱奉承的家伙。"他说道，"总是想让人宠着，是吗？"说完之后，他离开狗儿走向了床边，"要我给你买什么东西吗，爸爸？"

"不用。一两天我就可以出去了，也许还用不了两天。"

"这可不行！"丹尼说，"在你退烧痊愈之前，你是绝对不可以出去的。"

"是的，先生，"罗斯顺从地说，"艾伦有没有告诉你什么新闻？"

丹尼耸耸肩："没有什么特别的。监狱有个人越狱了，另外就是艾伦说他会给我们送最棒的牛肉来。"

丹尼一边说话，一边把他的步枪从架子上取了下来，然后坐着给枪上油。他从枪管往里面看，确认没有什么东西塞住枪管，枪管中如果有杂物堵塞的话需要用一根杆子捅出来。油上好后，他小心地取出十颗子弹，把它们整齐地摆在桌子上。大红看着主人，高兴地跑了过来，它的视线刚好跟桌子一样高，它就这样好奇地望着子弹。

"你想要猎杀雄鹿吗？"罗斯若有所思地问道。

"是啊。"

丹尼尽量不看罗斯。罗斯很渴望去猎杀鹿，但是他不能去，而丹尼又不得不去。每年，鹿肉对于他们来说都是很重要的食物，是山里人的主食。毫无疑问，这个季节的后期，罗斯还是会去打猎的。但是到那时候已经错过了猎鹿的最佳时机，那时那些鹿都会变得很狂野，而且居无定所，猎人很难找到它们。这时候，大红又走过来用头去蹭蹭丹尼的腿，而丹尼则用手在大红的背上来回抚摩。他会带大红一起去的，即便是猎鹿的时候它帮不了什么忙，大红能给他做个伴也不错啊。

"你不用担心，"丹尼说，"以后你会有机会遇到雄鹿的，等着瞧吧。我打赌你一定可以猎到一头大大的雄鹿，比我猎到的还要大。"

第三章

"那是当然。"罗斯喝了一口水，然后笑着说道，"你不用担心我。对于猎鹿，我可不是什么新手，我天生就会猎鹿。"

"我要睡了，爸爸，"丹尼善意地嘲笑道，"你就别再吹牛了。"

罗斯严肃地说："你最好早点睡觉，丹尼。明天猎鹿可是要辛苦一整天的。"

第二天，离天亮还有很长时间时，丹尼就起来了。他挤好牛奶，喂过牲畜，为自己做好早餐，也给罗斯做了些他喜欢的食物，还为自己准备好了午餐，然后才准备出发。丹尼穿上他那件红色的夹克，戴上了帽子，还在帽子上用别针别上了一块颜色鲜艳的红布。出发之前，他呆呆地站在那里看了无助的罗斯一会儿。然后，他往步枪里装满了五颗子弹，又往口袋里放了五颗子弹，这才带着大红一起动身。

他们出发的时候，天色开始放亮了。眼前是一片茫茫的白色，大雪堆在谷仓和房子上面，也为门口光滑的大路和山毛榉树的树枝披上了厚实的银毯。丹尼看见他父亲的领头猎犬老麦克正从狗窝里钻出来。大红跑下台阶，闻了闻地上一个被雪覆盖的草堆。这时候刚好有一只在这里休息的兔子被突然靠近的大红吓了一跳，猛地从草堆里冲了出来，在雪地上留下了一串可爱的小脚印。大红看了看逃跑的小兔子，并没有自作主张地追上去，它回到了丹尼旁边。

丹尼站在门口等了一会儿，静静地站在那里。虽然黑夜已经过去，天越来越亮了，但是也不能够贸然行事。即便山上有大群大群的鹿，但是如果想要确保猎到其中一头的话，不得不仔细和谨慎一些。另外，鹿经常会在附近活动，它们可能会在这附近的空地上过夜。它们的弹跳力很好，也许一转眼就会跳到你看不见的地方去，所以一个人独自去森林里可能会错过猎杀鹿的好机会。

"食肉猎人，"他自嘲道，"你就是个讨厌的食肉猎人。"

但是，事实就是这样。城里来的猎人，他们从五六百千米外的地方来山里，他们打猎完全是为了娱乐。虽然罗斯和丹尼都喜欢打猎，而且是有节制地打猎，但是他们捕杀猎物的最终目的是为了得到食物，动物给他们提供了食物。想到这里，丹尼觉得靠打猎来获得食物也没有什么好羞愧的。

他举起枪，看见一棵蓟树旁边有东西在雪地上缓慢移动。但是看不清楚，丹尼只好把枪先放下来。一颗子弹的成本大约是十美分，没有必要打一只看不清楚的动物，除非你确保能一击命中，否则对丹尼来说，开枪就是浪费。而且猎物一旦受到惊吓，你也许永远不会知道它会跑去哪里，它很有可能一直藏在森林里。

丹尼走进树林，把一根手指放进嘴里蘸了点唾沫，然后把湿手指举到空中。通过手指上的触感，他可以判断出风是从北方直直吹来的，连一点小小的旋涡都没有。丹尼思考着。雪大概是在早晨三点左右停止的。在这幽静的山谷里没有大风，但是在山顶上，风一定吹得很大。因此，为了躲避大风，野鹿应该会来到平静的山谷里，即便它们现在已经离开了，也会在雪地里留下脚印。

丹尼命令大红紧紧跟着自己，他拿好枪时刻准备着，一旦看见野鹿就马上瞄准射击。就这样，他们开始了在树林中的狩猎活动。突然，丹尼听见远处传来了一声枪响，回音在森林里四处蔓延，但凡有经验的猎人都会知道，有人在射一头鹿，那人再次开了一枪，接着又是一声枪响，丹尼数了数，那人一共开了五枪。很有可能是鹿跑了。丹尼咧嘴笑了笑，这时候他想到了老猎人的名言："一枪，证明打到一头鹿；两枪，还是证明只打到一头鹿；三枪的话就证明你根本没有打到鹿。"

这时候，就在前面，小小的树林里，铁杉的树枝在高大的山毛榉树的阴影里摇摆起来。丹尼十分小心地走过去，他轻轻地扒开树枝，想搞清楚前面究竟发生了什么事。

突然，他在铁杉树下面发现了两头鹿曾经睡过觉的痕迹。在它们躺过的地方，雪已经融化了。丹尼跟着它们的脚印离开了厚厚的积雪。由脚印的大小和形状可以判断，它们分别是一头母鹿和一头小鹿，应该是一对母子。

"一头母鹿带着一个小家伙，"丹尼对着大红低声说道，"我们不应该猎杀它们。"

丹尼走进了更茂密的山毛榉林里，大红耐心地跟着他。丹尼发现了更多的脚印，但是他不确定那些是不是鹿的脚印。有时候会出现这样的情况：在一个狩猎的好地带，出没的尽是母鹿和小鹿。

山毛榉林里时不时传来一声枪响，那些枪响在山谷不断回响，久久才渐渐消退。这时候，太阳已经爬得很高了，阳光穿过云层，把光和热传递到雪地上来。丹尼停下来把林中木头上的积雪拍掉，然后坐下来吃了一个随身携带的三明治。大红蹲在雪地上，大口大口地吞咽着丹尼扔给它的面包皮。

吃完之后，丹尼站到木头上确定了一下方向。他们走得很慢，平均一小时大约步行三千米。但是他们一直是在吹着北风的山毛榉林里打猎，他们已经行走了大约十千米。丹尼打算再往前走一小时看看会不会有什么收获，然后在山边转一圈就回来。要是鹿群不在山毛榉林里，那么它们就很有可能在灌木丛里了。

他们走啊走，大约十分钟之后，他发现了一头雄鹿的巨大的脚印。从脚印看，蹄子不是很锋利，是直接往前走去的。丹尼停下来仔细观察着前面的森林，什么也没有看见。但是这脚印明明很新鲜，像是一头雄鹿刚刚经过的样子。这头雄鹿经过这里一定没有超过20分钟。可是他要捕到这头鹿的话至少还需要半小时的时间。

丹尼循着这头雄鹿的脚印慢慢地跟踪着。掉落的枯树枝被掩埋在积雪下面，踩上去发出清脆的声音，这种动静使他很警觉，因而每一次把脚放到地上时，他都会尽量小心翼翼。他一直都把手指放在枪上，随时准备开枪射击。他仔细地观察周围的森林，再看看雪地上的脚印。罗斯曾经教过他，一个人若想要成为优秀的猎人，就一定要学会认识树林里的各种标志，而树林里的标志是普遍存在的。

那头雄鹿正在转悠，通常情况下，它只有在确定自己十分安全时才会这样。从它留下的脚印来看，丹尼很轻易就推断出，它是一头年老但很聪明的雄鹿。它避开了所有开阔的地方，慢慢地接近巨大的山毛榉树干。它从一边走到另一边，尽可能迷惑可能存在的猎杀者。北风吹得很大，雄鹿依靠它的鼻子来感觉前方是否有什么异常。

丹尼继续往前走着，他发现那头雄鹿曾经吃过山毛榉树叶下面藏着的山毛榉坚果。丹尼继续跟踪了大约30米之后发现雄鹿的脚印转向了东边，他的目光扫视着前面的山毛榉林，最后定格在一棵距离自己60米远的山毛榉树，那棵树的一根树枝被积雪压断了，树枝上面还有积雪滑落的痕迹。看到这些，丹尼总算松了口气。那雄鹿一定是听见积雪滑落的声音才突然警觉起来的。

现在，足迹离开山谷，转向了山的一侧。在这之后，丹尼的每一步行动更加谨慎了，因为这里长满了山毛榉灌木丛。他必须非常接近这头雄鹿才有把握一枪命中它的要害，一个小小的失误或者愚蠢的举动都可能引起它的警觉，一旦出现这种情况，它会立刻跳起来逃跑。丹尼看到雄鹿在一口接一口地吃着叶子。

接着，丹尼看到雄鹿就在前面，径直走向溪沟的边缘，它留下的脚印甚至还冒着热气。丹尼小心翼翼地往前移动，他的心怦怦跳得厉害。他知道那条溪沟，它很深，里面长着很多树。溪沟的一边可以清清楚楚看到另一边。如果雄鹿跑进了溪谷的底部，又爬上了另一边的话，他可以把握这个好时机朝它开枪。如果它只是沿着溪沟慢慢前进，丹尼可以慢慢地跟着，无论如何，他都能射杀它。显然，这头鹿犯了一个大错误。

丹尼尾随雄鹿的脚印来到溪沟边上，他偷偷藏在树后面，低着头，慢慢地举起步枪。他发现，就在距离他三十几米远的溪沟上，一头母鹿侧身站在那里，仿佛在等待着什么。这时候，从树后面又走出来两头母鹿。突然，在溪沟上面大约一百米的地方又跑过来一头鹿。丹尼看着那头最后出现的鹿，显然，那是一头流浪的母鹿，它只是跟在这群母鹿后面罢了。

最后，丹尼终于看见了雄鹿。它已经在溪沟下面，此时正站在一棵巨大的山毛榉树旁边，丹尼几乎看不见它了。

"不要杀它，"丹尼叹了一口气对自己说道，"给它一个机会。爸爸也会这样做的。"

他用脚使劲踢了一下旁边的枯树枝。雄鹿听到声响，那白色的尾巴翘了上去，立刻像弹弓一样跳开了。那些母鹿用傻乎乎的眼神看着他。

那头雄鹿穿过林木，径直蹿到溪沟的另一边。丹尼举起了他的

步枪，当雄鹿跑到一小片空地的时候，扣动了扳机。好像有一把看不见的长矛击中了雄鹿，它的步伐一下停滞了，整个身躯重重地倒在了地上，溅起了一片雪花。而那些母鹿还不知道发生了什么事，只知道拼命往四处逃窜。丹尼镇定地站在那里，他没有注意那些母鹿，他在想有没有必要再给雄鹿来一枪。但是，雄鹿依然一动不动地躺倒在地上。

丹尼高兴地沿着溪沟边，找到了被他射中的猎物。大红跟在丹尼身后，开心地大叫着。这时候，丹尼停了下来，他看到溪沟旁边还有另外一头鹿，就是那头跟着鹿群流浪的母鹿。它毫无危险意识，正大步朝着溪沟走去。它用力地跳过一根圆木后重重地落在了溪沟的另一边，然后就站不起来了。丹尼仿佛能听到那头受伤的母鹿发出了轻微的类似于哭泣的声音。

丹尼惊讶地走向母鹿。它的侧面中了枪，可以清楚地看见子弹孔。看来它倒下来是因为中枪了。估计是某个很随便的猎人看见有什么东西在移动，根本不考虑是不是雄鹿就开枪射击了。受伤的母鹿闭着眼睛痛苦地挣扎着，丹尼只好朝它的头部开了一枪。

他拿着小刀跪在母鹿旁边，把粘在它白色肚皮上的小毛刺都清除干净。现在，对于山里的狩猎监督员约翰·贝利来说这又是一件案子了。

"枪法不错啊，孩子，"这时候有个声音突然说道，"漂亮得真该死。"

听到有人说话，丹尼吓了一跳，他把刀拿在手里站了起来。现在北风还是很大，雪花也在纷纷扬扬地下着。一个人从那群母鹿旁边下到溪沟里来了。对于这个人的出现，丹尼感到十分意外，就连大红也没察觉到他的存在。这是一个又矮又健壮的男人，穿着一件猎人的衣服，轮廓分明的脸被风吹得通红。他翻开自己的肩章给丹尼看，那是一个银色的监督员徽章，在他的衬衫上闪闪发光。

大红摇着尾巴去跟这个人打招呼，还走过去在他的羊毛裤上蹭了蹭。这个人蹲下来抚摸着大红背上的毛，但是眼睛直直地盯着丹尼。他咧嘴笑了起来，但是那种笑只是嘴唇稍微往上扬起，笑意并不真诚，相反，他的眼睛里反而发出一道寒光。

"你的狗很漂亮啊，孩子，"他轻蔑地说道，"你是用它来追赶你猎杀到的鹿吗？"

"那条狗不会猎杀鹿！"丹尼大声地说。

"哦，那么是你独自杀死的。为了那头母鹿你要付出100美元。"

100美元对于丹尼来说可不是个小数目，那是哈金先生付给他照顾大红的两个月的工资。

"听我说，"丹尼指着不远处被他猎杀的雄鹿说，"我追踪那头雄鹿的足迹一直到了山毛榉林，当它想要跑上山的时候，我开枪把它打倒了。后来有一头母鹿跑到溪沟来，在那里跳过圆木后摔倒了，再也没有爬起来。这一定是另一个猎人开的枪，我只是为了减轻它的痛苦补了一枪。我说的都是真的，长官。"

监督员笑了，他说："当然，我相信你。但是天刚亮的时候，我就坐在那边的山顶上，我就是在等着抓像你这样的人，我可不愿意在那里坐那么久却一无所获。你准备好走了吗？"

丹尼认真地说："我会跟你走。但是在我支付你任何钱之前，我要见见约翰·贝利。"

"约翰·贝利也不可能帮你。"

"我会走的，"丹尼固执地回答道，"如果约翰·贝利也认为是我首先射击那头母鹿，我会支付的。只有这样了。"

监督员有点同情地笑了笑说："这样太麻烦了，孩子。我来给你指条明路吧。你付给我50美元，那样我就忘了这件事。"

"难道你认为我会带着50美元出来猎杀鹿吗？"

"你的步枪值50美元。"

大红来到丹尼身边坐了下来，此时的它一脸茫然，不知道究竟发生了什么事。丹尼的手自然地放到大红的背上抚摩着，然后，他的手停了几秒钟，突然大声说："偷取监督员的徽章，而且伪装成监督员也是违法的。"

听到这话，这个监督员的脸色突然变得非常难看。他喃喃地说："难道你想用武力解决这件事吗，孩子？"

"也许是的。丹黛谷那儿的事怎么样了？"

听到丹尼的回答，这个男人的脸顿时变了形。他突然举起了步枪，把枪口对准了丹尼的胸口。

丹尼慢慢地说："要是那东西真的装了子弹，我有可能会害怕，可惜没有。你来自丹黛谷，是吗？你真的坐在山顶上吗？今天早晨，你从山谷来到这里，进入了茂密的森林。你必须得到食物，你在山谷那里或者附近射击到这头母鹿，你开枪打伤了它，但是因为枪里没有弹药了，所以无法再次射击。最后你跟着它来到这里，希望它自己倒下……"

这个脸红红的人上前试图袭击丹尼，丹尼立刻举起了自己的步枪，扣动了扳机。子弹在这人手中的枪上划出一条白色的痕迹，溅起一些碎片。丹尼迅速往后退了几步，枪口始终对着这个男人，他已经做好了随时射击的准备。

"别再那样做了，"他警告道，"这枪可不是闹着玩的，我不会打偏的。我们现在往前走，你走前面。"

当他们到达山毛榉林里的小屋时，已经是下午三点左右了，丹尼把囚犯赶到了屋里，然后把枪交给了罗斯。

"看着他，爸爸，"他说，"别让这家伙逃跑了。"

"怎么啦，丹尼？"

"他是逃跑的罪犯。我很快就回来。"

罗斯认真地说："你回来的时候保证他还在这里。"

丹尼带着大红，沿着小路往哈金先生的房子那里去了。哈金先生去南方过冬了。但是家里还住着管理员，他们有电话。电话铃响了三声之后，约翰·贝利的声音从电话的另一端传来了。

"你好。"

"你好，我是丹尼·皮克特。你是不是有一个新来的下属遇到了麻烦，而且还丢了徽章？"

"你怎么知道，你……你在哪里，丹尼？"

"我在哈金先生家。"

"我很快就来，你等我。"

20分钟后，约翰·贝利来到了院子里，丹尼出去迎接他。那个高高的监督员从车里出来。

"你说得对，"他严肃地说，"有个逃犯从丹黛谷逃出来了，而且藏在山里。今天早上监督所的艾克娄曼在哈慈山谷被袭击了，他的步枪和徽章都被抢了，不过幸好枪膛里只有一发子弹。我们没去追踪他，因为今天早上有50个有组织的猎人上山打猎，我得想办法叫那些猎人回去，你是怎么知道逃犯的？"他问道。

"我抓到了你要找的那个逃犯。"

"他在哪里？"

"在我家里。我爸爸拿着枪看着他。"

约翰·贝利吹了一声口哨，他吃惊地说：“你真是厉害，你怎么抓到他的？”

“我发现了端倪，”丹尼说，“今天早上我猎杀到一头雄鹿，正想要回山毛榉林的时候，看见了一头受伤的母鹿在我前面不远的地方倒下了，我开枪结束了它痛苦的生命。这时候，那个逃犯戴着监督员徽章出现了，一开始我以为他是个监督员。但是当他向我索要50美元的时候，我就怀疑他的身份了。当他说要拿我的枪代替50美元的时候，我就进一步推测他是假冒的。我知道母鹿是从哈慈山谷来的，我知道那个人也是从那里来的，而不是像他说的那样在山顶上坐着时，我就断定他是逃犯。接下来我是怎么做的，你就很容易猜了。”

“你是怎么知道的？”

“因为大红，”丹尼轻声地说，“我射击到雄鹿的山毛榉林与哈慈山谷的距离大约有13千米，中间除了树什么也没有。而那头母鹿的毛发上沾满了毛刺，因此我就知道它一定是从哈慈山谷来的，因为只有在那里才有这种植物生长。就在昨天晚上，我刚刚为大红清理干净它身上的毛刺。大红看见逃犯时蹭了一下他裤子，等大红回来我抚摸它的时候，又摸到了那种毛刺。来吧，去带走你要的人，贝利先生。但是你要一个人把他带回去了。我爸爸生病了，而且我还有事要做。我要去山毛榉林把雄鹿取回来。”

三　偷陷阱的贼

当丹尼拖着鹿从山毛榉林里出来，走到牧场的枫树那里的时候，天已经黑了。骡子后面的雪橇上放着雄鹿和母鹿，雪橇在柔软的雪地上滑动着。丹尼用手在雄鹿冰凉的身体上静静地摸了一会儿，他感觉有一股暖流传到他的身体里。生活在山毛榉林里很艰苦，而且充满了危险，只有强者才能生存下来。这时候，丹尼感到十分骄傲，事实上，他一路上都感到十分自豪。这头死掉的雄鹿就在眼前，它的角轻轻地摆动着。此刻，这头雄鹿在他眼里不只是一头鹿，它代表着他取得的成就，他的胜利，可以证明他是强者。丹尼回到木屋的院子，喂了大红，将鹿挂到树上后就回屋了。

罗斯正坐在炉子前面，他为丹尼准备的热气腾腾的晚餐正在炉子上面。大红的身体重重地倒在它自己的铺位上。丹尼很想直接倒在床上睡觉，但是男人就应该坚强一些，不能软弱。他坐下来准备吃晚餐，在吃饭之前，他叹了一口气。

"今天辛苦吧？"罗斯问。

丹尼耸耸肩说："还可以，不过还有很多事要做。"

他们都没有谈论今天发生的事，那些都已经过去了，接下来要做的事才是最重要的。罗斯喝了一杯水又咳嗽了，丹尼看着他。

"你感觉怎么样？"

"好多了。估计一两天我就好了。一整天都坐在家里实在是太难受了，但是我知道，在这种情况下出门是非常愚蠢的做法。"

"那是当然。我很高兴你会这样想。"

"明天你要去石头山吗？"

"是的。"

"你打算寻遍整座山吗？"

丹尼犹豫了一下，石头山很远，没有风雪的时候去走走倒是不错，但凌晨两点半就必须出门，到达山的另一端再回来的时候就已经天黑了。要是下雪的话，来回就得花两天时间。丹尼用敏锐的眼睛看着罗斯。

"那要看你身体的情况了。"

"我没问题，"罗斯说，"我可以照顾阿萨，也可以挤牛奶。"

"你确定吗？"

"当然确定，"罗斯咧嘴一笑，"没什么值得大惊小怪的。"

"好吧，我想自己可以做得到。"

"你一定可以的。"

黎明再次来临的时候，丹尼已经爬上了高高的山。

"你觉得这山里的冬天怎么样，大红？我感觉自己真是受够了！"

这条大红狗顺着地上的足迹朝丹尼走过来坐在丹尼的鞋上。

当丹尼拉下手套伸手去摸它耳朵的时候，它抬起头来，轻轻地摇着它那轻盈顺滑的大尾巴。丹尼望了望下面裂开的山谷，山毛榉树在风中瑟瑟地发抖。天虽然很冷，但是还没有冷到连狐狸都不出洞或者小白貂都不出来觅食的地步。想到这里，丹尼有点担心地皱起了眉头。

丹尼停了下来，解开雪地靴的带子，将掉在里面的一些冰块撬出来，大红也不停地用爪子帮忙。丹尼此时为大红感到非常骄傲。你带着一条猎犬去设置陷阱，但是它很有可能会趁你不注意偷走你的诱饵，或者在一个准备抓狐狸的陷阱旁边留下自己的气味，又或者无意中掉到刚设置好的陷阱里，然后咆哮着要出来。但是教会大红认识陷阱只需要短短的两天时间。

当然，在设置陷阱的时候狗是帮不上什么忙的。但是来到这样的地方，有个伴的话，心理上会感到安全很多，谁也不知道后面会发生什么事，也不知道什么时候就可能走错路了呢。

丹尼此时又想到了罗斯，他应该还在小屋里，想到这里，丹尼嘴上挂着浅浅的笑。丹尼在石头山上罗斯设置的陷阱中没发现毛皮动物。要是丹尼重新设置弹簧陷阱，一定抓到许多毛皮动物，那他就有资本可以炫耀，谁才是家里真正设置陷阱的高手啊。在设置陷阱方面，他和罗斯之间温和的竞争已经有七年了。七年前，还只有十岁的丹尼就开始出去设置一系列的陷阱了。

第三章

153

丹尼往山脊上走去，大风从山顶上吹下来，丹尼低下头，小心翼翼地穿好雪地靴，大红跟在他的后面。这时候，一只脚上沾满积雪的兔子从丹尼前面的路上经过，丹尼觉得十分可惜，因为他的步枪放在家里，没有带出来。

小路沿着一条浅浅的沟壑蜿蜒而上，一直通向石头山的山顶。丹尼看见路边一棵树干粗糙的斑克松树上有三道路标。他停下来，仔细地看了一下。他穿过沟壑，看见了一个没有结冰的泉眼，那里有个陷阱，狐狸出来喝水的时候正好会被抓住。

从山上向下看去，山谷的两边满是山毛榉树，更远处山脉的两边有成片的白杨树林，偶尔还会有斑克松。但是在山顶，却长满了月桂树，这里简直就是月桂树的丛林。月桂树后面偶尔会有一两棵松树，唯一一条上山的路是丹尼和罗斯修整过的那条路。月桂树林中住着许多兔子，有棉尾兔和白兔。狐狸和黄鼠狼也会和兔子一起住在这里，偶尔还会有貂和野猫出现。丹尼来这里没有其他的目的，就是来设置陷阱的，这里可是设置陷阱的最佳地方。

丹尼开始沿着这条蜿蜒的蛇形小道往前走。突然，在大约六米的地方，他看见另一棵树上也有三道标志，那表示在树丛里有陷阱。大红冲到丹尼的前面看着陷阱，尾巴竖立起来，嘴里发出了嚎叫声。

丹尼抽出刀鞘里的斧头慢慢地靠近了树丛里的陷阱。这时候，大红又开始咆哮了，这条红色的狗靠在丹尼的旁边，脖颈上的毛全都竖了起来。

丹尼来到陷阱旁边，发现了一只陷阱中的红狐狸。丹尼仔细地检查着狐狸的全身。它的毛皮已经被撕裂损坏了，就连它的半条红尾巴都被咬掉了，一股恶心的臭味迎面扑来。丹尼轻声地对大红说："这是狼獾干的坏事！"

丹尼用双手按住陷阱上面的弹簧，这样就可以让狐狸从上面滑落到雪地里了，然后他把陷阱装置放到了包里。通常情况下，狼獾是不会入侵到这片山里来的。但是它们如果要来的话就是一连串的，有时候如果设置陷阱的人不走运的话，做的陷阱要么就是捕捉到这些狼獾，要么就是被它们破坏掉。丹尼生气地看着月桂树，对狗说："简直就是魔鬼在犯罪！"

情况很糟糕，太糟糕了！去年在罗斯设置的捕捉狐狸的陷阱地区里，狼獾突然闯了进来。导致他们减少许多收入。

大红穿过厚厚的积雪，慢慢地往前走着。它停在了月桂树旁边呜呜叫着，等待着丹尼来到它的身边。狼獾显然曾经来过，从留下的宽大的脚印可以看出，狼獾是到月桂林里去了。丹尼若有所思地回头朝着山毛榉林里的小屋看去。他父亲的猎犬要是发现这些新鲜脚印的话，一定会叫个不停的。但是回去把猎犬带来需要花费足足三个小时，而且还要再用三个小时返回来。这时候，丹尼觉得再也没有什么比狡猾的狼獾更讨厌的了。要是回去带猎犬的话，时间就会过去六小时，猎犬就没法儿追踪到可恶的狼獾了。另外，还有其余的陷阱需要处理。这狼獾是第一次来到这里，它可能还没有发现所有的陷阱，现在要做的就是先把周围陷阱里面打到的毛皮动物拿出来，然后带着罗斯的猎犬回来杀死这只狼獾。

丹尼回到小路上，他走的速度很快。在他的身旁，大红也快速地踩着厚厚的积雪往前走，然而他们在雪地里前进得很艰难，丹尼的雪地靴沾满了积雪，走得很慢，大红不得不经常等着他。

罗斯在离这四百米远的地方设过两个陷阱，可惜没有抓到猎物，但是弹簧已经弹出来了，两个陷阱装置都掉到了雪地上。狼獾显然也来过这里，是它把陷阱弄成这样的，它还轻蔑地刨了一些积雪盖在上面。检查这个恶魔消失在月桂树林中的脚印的时候，丹尼显得愁容满面，他的眼里有愤怒的火苗冒出。虽然狼獾的目的不是陷阱，他知道狼獾很可能找到每一个陷阱，然后弄脏或者破坏掉。丹尼不再管那些被破坏的陷阱，他把斧头从鞘里拿出来，在空中挥舞着。

"它真该死！"他咬着牙喊道，"该死的丑陋的家伙还躲起来了！"

这时候又吹来了一阵风，被风带来的雪花在丹尼的面前打着旋飘落到地上，然后这风继续咆哮着朝着石头山顶上去了。丹尼眨了眨眼睛，低下头继续往前走。此时他想到了罗斯，要是他在这里的话，他一定知道如何对付这只狡猾的狼獾。但是罗斯不在这里，因此所有的事情只能由丹尼独自一人去做。他的包里装着一个陷阱装置，它本来是用铁链挂在树丛上面的，但是后来落到了雪地上。丹尼折回去捡起那个陷阱装置。就在丹尼准备不再追踪那些痕迹而转身的时候，狗的喉咙里发出了咆哮声。

突然，大红又冲到了他的前面，朝着前面的雪地大声咆哮起来。看到大红的异常表现，丹尼提高了警惕，他把斧头握在手里，随时准备攻击。前面是一个陷阱，他走过去，看到了被陷阱困住的狐狸。狐狸整个身子蜷缩着，红色皮毛露在外面，两眼紧紧盯着月桂树林。大红停了下来，它也盯着月桂树林的方向，全身绷得紧紧的，颈部的毛又全部竖了起来。它一直保持着这个姿势，突然，它变得疯狂起来，不停地冲那个方向发出吼叫并试图冲上去。丹尼赶紧伸手，拉住了大红的项圈。

尽管受到了丹尼的阻拦，但是大红还是不住地往前奔，它不停地咆哮着，目光一直警戒地望着前面的月桂树。丹尼停了下来，试图透过密不透风的月桂树看看那里到底有什么。但是他什么也没有发现。

这时候，他对狂躁的狗儿说道："冷静点，不要激动。"

大红这才安静下来了，但身体依然没有放松，甚至开始颤抖起来。看得出来，它十分紧张。丹尼带着大红慢慢靠近月桂树。风呼啸着掠过，扬起地上的积雪。有时候风会突然停一下，这时候，丹

157

尼也会显得十分紧张，全身的汗毛都竖起来了。突然，在他身后有一些声响，就好像有一只狐狸突然跳向一旁一样。紧接着，在六米远的地方，树丛突然摇晃起来。大红一直咆哮着，挣扎着想要冲过去，但还是被丹尼阻止了。丹尼往前走，他轻轻地落脚，再次试着看清楚月桂树丛后面到底是什么。

在巨石和白雪覆盖的月桂树林的尽头，那个零星地长着一些月桂树的地方，丹尼看见了一只有着黑色的光滑毛皮的动物。他聚精会神地看着，最后终于慢慢地看清楚了那个动物的头和四肢，那是一只狼獾。它站在一根圆木旁边，前爪搭在岩石上，正盯着丹尼看。但是跟丹尼的目光刚交汇不久，它突然消失了，它逃跑了。

大红奋力地想要上前去把它追回来，但是丹尼使劲地拉住了它。这时候，大红还是有点儿颤抖，但是它脊背上的毛慢慢地倒了下来，丹尼用冰凉的手抚摩着它的脖子。用陷阱打猎的人都毫无疑问地认为狼獾是最邪恶的。狼獾的姿势就很惹人讨厌，丹尼实在厌恶它直直盯着自己的样子，一想到那个眼神，丹尼不禁又打了一个寒战。

"来吧。"他跟大红说道，"那家伙可以很容易就杀死你，就像你可以很容易杀死一只老鼠那样。我们还是去捉那只狐狸吧。"

他们回到小路上，丹尼解开了大红的项圈，把大红拴在了设置陷阱的铁链上。他回头看看那条通往山毛榉林里面小屋的路，再次幻想：要是罗斯能够出现在这里指导他一下该多好啊。他现在任何武器也没有，不然的话，要打倒那只狼獾还是有机会的。现在他可以确定的一件事就是：一定不能让大红冲进月桂树林里去跟狼獾战斗。要是那样的话，它很可能会因此而送掉性命。

这时候，丹尼抬头看到林子边有一所简易小屋，那是他和罗斯要在那里过夜时搭建的。在那边设置的陷阱里应该会打到更多的毛皮动物，要是他今天不去收集起来的话，那么很可能又会被狼獾破坏掉。另外，他和大红还没有走遍这座巨大而又古老的山。当然，对于一条狗来说，一只狼獾肯定没有一头熊危险。大部分狗都知道避开熊走的路，但是它们会毫不犹豫地靠近一只狼獾。但是丹尼选择让大红待在这里。丹尼再次抬头看看这条路，然后把手放在后面，那样大红就能走在自己走过的路上了。

他们走着走着，一阵狂风突然从山顶上打着旋涡冲了下来，把地上的雪花也卷起来了，丹尼低下头，让自己保持警惕，他的眼睛一直看着小路的左侧。他曾经跟罗斯一起来过这里，当然知道有陷阱的记号在哪边。三道痕迹表示陷阱在左边，三道上面加一杠表示陷阱在右边，在这种暴风雪的天气，只看一边还是很方便的。丹尼回头看看自己刚踩下的脚印，就在大概三四米远的后面，脚印里已经堆满了积雪。大红一边把脚在丹尼腿上蹭一边看看丹尼，眼皮上都挂满了雪花。远处暴风雪咆哮着，发出刺耳的声音。

在又一个陷阱里，丹尼抓住了一只棕色的貂，这对于丹尼来说

第二章

是新的希望。这时候，他可以判断出来，狼獾来到陷阱一带的时间是今天早上，而且它还没有发现所有的陷阱。丹尼把貂放到包袱里面，把它跟那只狐狸放在一起，然后把包袱扛到肩膀上，继续沿着小路前进。这时候，他感觉好多了。现在他可以有很多理由离开山顶，但是他并没有这么做。

如果罗斯在这里的话，他也不会离开的，按照罗斯的行事原则去做，一定不会错的。

此时的风力减弱了一点儿，但是打着旋的雪花似乎更浓密了，灰色的天空也仿佛变得更加阴霾了。丹尼又在另外的陷阱里面找到了一只被捕获的狐狸，这时候，他们已经找到了六个没有被破坏的陷阱了。经过小路旁边的一棵巨大的松树的时候，丹尼总算松了一口气，对目前获得的猎物满意地点点头。尽管在暴风雪的天气里，走在厚厚的积雪中比较艰难，但他还是觉得今天收获颇丰。在松树和小屋之间还有一个陷阱，在天黑前可以到达那里。突然，大红紧张地冲过来靠着丹尼。

这时候天已经开始暗下来了，风拍打着月桂树，雪花落在月桂树的树叶上沙沙作响，偶尔还吹来一阵狂风，那些声音听起来给人一种鬼哭狼嚎的感觉。大红站在小路旁边，颈部的毛全又竖了起来，嘴里发出低沉的咆哮声，接着放开了嗓子拼命吼叫起来。丹尼蹲下来，靠在它身边，用戴着手套的手摸摸它的耳朵来安抚它。

"不要像笨蛋一样冲出去，"他小声地说，"放轻松。"

大红紧紧地挨着丹尼，丹尼伸出手来，解开随身携带的装着斧头的刀鞘。狼獾并没有放弃陷阱，它从另外一端绕了回来。现在，它就在前面，它很有可能是在等待时机去破坏最后一个陷阱。丹尼伸出手，把拴着大红的链子牢牢地缠绕在自己的手臂上面。要是真的和狼獾打起来，大红一定会和他一起战斗，但是他不能让大红独自跑到树丛里面去。夜越来越黑了，月桂树林几乎是黑压压的一片，什么都看不清了，只有旁边的小路闪着白光。

丹尼回头看了一眼大松树，松树的树梢隐在夜空里，他什么也看不见。他的左手紧紧地抓着大红的项圈，右手则拿着用皮带系着的斧头，然后他们开始慢慢往前走。大红走在丹尼旁边，它在往前走的时候还是很紧张，依然高度戒备着。忽然，它停了下来，紧张地看着前面的月桂树林，然后又发出了一阵嚎叫。

丹尼顿时生出一种不好的预感，突然，一阵寒气迎面袭来，他仅仅停顿了不到一秒钟的时间，就确定狼獾就在那里，他们已经非常接近了。那家伙是打算捕食的，但是这里除了大红和自己外没有其他猎物。丹尼开始跑了起来，他拖着大红，沿着小路快速地向前跑。终于，他们到了那间简易的小屋。

他们冲进了小屋，砰的一声把门从身后关了起来，丹尼背靠着门，不停地喘着粗气。这时候，他才松开了大红项圈上的链子，链子掉落在地面上，大红一走动便会发出链子和地面摩擦的声音。丹尼脱掉了手套，弯下腰解开了雪地靴的鞋带。把鞋子脱下来后，他伸手去包里找到了那盒防水的火柴——无论走到哪里，他都会随身带一盒这样的火柴。他把火柴在火柴盒的一边轻轻划了一下，然后走到桌子旁边点燃那根插在空瓶子口上的蜡烛。蜡烛马上燃了起来，黄色的火焰不断闪烁着。就着这不甚明亮的烛光，丹尼仔细地审视了一遍屋子。

屋子是用石头山上的石头建成的，石头间的缝隙则用其他东西予以填充，它不是很宽敞，一端有床铺和火炉，床铺上有折叠好的毯子，一些简单的烹饪工具就挂在壁炉旁边的墙上。这个小屋除了用于罗斯和丹尼在这里打猎睡觉之外便没有别的用处了，他们只有来山上的时候才会睡在这里。

丹尼摸摸别在皮带上的斧头，吃了一惊，斧头不见了，刚刚大红闻到狼獾的气味的时候，它还在自己手上呢，一定是在他们跑向小屋时，因为太过慌张而掉在了路上。丹尼握紧了自己的手，他知道猎人可以没有枪，但是绝对不能没有斧头。不过，今天晚上没有斧头也不会有什么问题的。门口有一堆木头，他很快就可以抱进来，找一些小树枝就可以点火。他们通常都会在小屋里准备一些小树枝的。

屋外的雪还在下着，飘落在小屋的屋顶上，狂风也在继续怒吼。

丹尼找到一个锅挡在蜡烛前面，这样，他打开门的时候，风就不会把蜡烛吹灭了，然后他转身抬起门闩。蜡烛有些轻微的颤动，这时候，丹尼听见外面有一声沉闷的响声，像是风吹起来的树枝撞到小屋而发出来的。大红听到之后跑到屋子中间的地板向上望着屋顶，它发出了低低的怒吼声。丹尼立刻进门来，然后把门关上，重新把门闩插好后靠在了门上。

风又猛烈地吹了一会儿，像是愤怒地朝着小屋发泄一样，但丹尼知道，过一会儿就不会有事了。在风吹的同时还有另外一种特别的声音，那种声音既不是风吹屋顶上的茅草发出的声音，也不是雪花落到屋顶茅草上的声音。丹尼凝神听着，嘴巴张得大大的。汗水慢慢从他的额头流下来，滑过他的脸。他的喉咙干干的，发不出一点声音。那只邪恶的狼獾这时候已经爬到屋顶上去了，正试着在上面挖个洞呢。

丹尼赶紧离开门口，来到了屋子的中间。他的眼睛环视着屋顶，仔细盯着从屋顶上落下来的每一样东西。他举起咖啡壶，静静地站在那里。有一些冰的碎块从支撑着屋顶的杠子上掉了下来。丹尼挥舞着手里的咖啡壶，这可算不上是一件好武器，但是和其他的工具比起来，如削水果的小刀，还是有用得多的。

他舔了舔因过于紧张而干燥的嘴唇，然后把一只手放在大红的脖子上。他们的眼睛都紧紧盯着屋顶看。丹尼紧紧抓着大红的项圈。

第二章

他知道，连熊也害怕狼獾，万一这家伙进入了小屋的话，后果将不堪设想……但是罗斯说过，要是一个人没有他想要的武器，那么他可以找到身边的其他东西来代替。丹尼摸索着他的包袱，他离开大红朝着壁炉的方向移动。

突然，屋顶上刨挖的声音停止了。但是仅仅安静了几秒钟，那种声音又出现了。大红往前一扑，丹尼赶快警告它回来。

"退后！回到这里！"

大红停了下来。这时候，为蜡烛挡着风的锅掉到地上了，烛光再次照亮了整个小屋。一些烟灰和灰尘掉到了壁炉上，丹尼吓坏了，他紧张地盯着宽大的烟囱。突然砰的一声，丹尼便看到那只狼獾翻滚着从烟囱里掉了下来，然后从壁炉里滚了出来，那家伙就站在眼前了！这时候，大红奋力一跃，跳到了狼獾和丹尼中间，马上和狼獾撕咬成一团。丹尼这时候紧张得连心都快要跳出来了，但是他还是抓起咖啡壶跑到它们旁边，等待合适的进攻时机。

这时大红和狼獾已经完全扭打在了一起，它们交替着在地上翻滚，丹尼的眼睛只能捕捉到几个厮打动作。当丹尼看到狼獾那强有力的下颚咬向大红胸部的时候，他的心脏几乎都要停止跳动了。他毫不迟疑地弯下腰用手去抓狼獾，伴随着一阵刺痛，他抓住了狼獾的一只后爪。接着一只血腥的爪子抓到了他的手臂。丹尼猛地一拉那只后爪，狼獾马上就拱起它的身体想要转身过来咬他。狼獾那巨大的牙齿已经靠近丹尼的裤子了，丹尼用尽全身力气使劲一踢，那头疯狂的野兽一下子倒在了地上。屋子里一下子充满了狼獾的气味，丹尼跌跌撞撞地直起身，迅速朝墙边退去站稳。

当大红和这只狼獾刚开始战斗的时候，它还完全不知道该怎样战斗。但是现在它已经知道了。这条大猎犬这时候已经向狼獾扑了过去，它的牙齿紧紧地咬住了狼獾的脖子，然后一直往后拖。狼獾十分愤怒，它被抑制住的喉管里呼哧呼哧地喘着粗气，它努力地想通过自己的爪子来摆脱大红的纠缠。但是大红知道爪子是致命的，因此狼獾的爪子一挥舞过来，它就会马上躲开，同时更加死命地咬紧狼獾的脖子不放。

狼獾试图用自己的前爪攻击大红，但它的前爪却被丹尼手中唯一的武器——那两个捕杀狐狸用的钢制的陷阱装置紧紧夹住了，这是他刚刚在狼獾从烟囱上掉下来之前就在壁炉那里安放好了的，现在，他们有机会打败这个恶魔了。这时候，狼獾的呼吸变得越来越艰难了，它的喘息声越来越大，大红依然死死地咬着它的喉咙不放。

……

第二天下午，丹尼把大红扛在他的肩膀上，他们就这样走进了山毛榉林里。到家以后，他把大红放在炉子旁边的床上，然后脱下靴子和外套。罗斯在设置陷阱的时候曾经遇到过很多事情，看到丹尼这样回来，他就在猜测到底发生了什么事，他等着丹尼主动告诉自己。

"大红身上有许多抓痕，爸爸。但是它真是太棒了。哈金先生可以带它去参加其他的犬展比赛，要是他愿意的话。回家最后的六千多米是我扛它回来的，因为它的腿和狼獾打斗时受伤了。"

丹尼一边说一边从他的包袱里把两只狐狸和一只貂拿出来。"我们找到的就这些。"他说。

然后有好一会儿他都站在狗儿面前，仔细地看着这条受伤的狗。

"山里出现了狼獾，爸爸。它搞砸了一些陷阱装置。但是我们抓到了它。是大红和我一起做到的。"说着，丹尼取出了那只死了的狼獾，因为他觉得这不是自吹自擂的成功。

四　雪莱·麦克格威尔

　　风速还是很快，一月很冷，二月更加冷，天空下着鹅毛大雪。丹尼和罗斯每天天刚刚亮就出门，直到天黑才回到家，他们存放皮毛的屋子里已经堆了很多毛皮，从屋子的这头摆到那头。罗斯带着他的猎犬去山上，常常带回来一些山猫皮和貂皮，其中还有他在秋天的时候说要抓住的那只渔貂的皮。

　　二月下旬，附近的毛皮收购商莫斯那斯带着他的驮货驴队从烟溪路过来了。莫斯那斯和丹尼花了好几个小时站在挂着毛皮的棚子里讨价还价。罗斯却在一旁咧嘴笑着看着他们。当莫斯那斯从口袋里拿出支票的时候，他悄悄地朝丹尼眨了眨眼睛，最后极不情愿地签下了支票。罗斯和丹尼站在一起，看着皮毛贩子走上了下山的小路。这时候，罗斯又笑了。

　　"他花了比他预想的还要多的钱，"他说，"今年可真不错啊！丹尼。"

　　"的确是。我们又没有欺骗他，是吧，爸爸？"

　　罗斯笑了起来，说："不管什么时候，只要你能欺骗莫斯那斯，你就会在大白天看见粉色的猫头鹰在天上飞。其实这笔生意也会让他大赚一笔的，只是赚得没有原先想象得那么多罢了。"

　　这时候，大红走上前来，它把脸埋在了雪地里，急切地用鼻子

第三章

探寻着地上田鼠的隧道。然后它甩了甩沾在嘴巴和鼻子上的雪，接着朝丹尼走过来。罗斯把支票从口袋里拿出来，仔细地看着它。

"560美元啊，丹尼。现在已经是麝鼠和海狸的捕猎时节了，再捕猎一段时间，我们就可以再赚到两百多美元。现在我们去山谷里看看那六个设置好的陷阱吧，就是在山毛榉林里用来抓狐狸的那些陷阱。"

"当然可以。"

他们穿上雪地靴，然后肩并肩向山毛榉林走去。大红跟在他们后面，顺着他们的脚印往前走，它对周围的一切都很感兴趣，兴奋地跑来跑去。有一只狐狸正从山毛榉林里走过，罗斯一转身，那只狐狸就迅速地跳开了，径直跑向了一棵巨大的山毛榉树，接着就很倒霉地撞到了他们设置的陷阱。狐狸蜷缩在雪地里，它将浓密的尾巴蜷曲在身上，试图用尾巴把自己隐藏起来。罗斯一把抓住了狐狸的屁股，然后转向丹尼。

"你看，应该这样做，对吧？"

"是的，爸爸，看起来就是这样的了。"

这只狐狸的毛皮是古铜色的，而不是通常那种五彩斑斓的光滑闪亮的颜色。虽然天气还是很冷，但是太阳已经升得很高了，也变得更明亮了，白天，狐狸会来到高高的山坡上晒太阳，它们的毛皮都被阳光晒白了，毛皮的价值直线下降。此时，没有捕兽者希望继续捕获这种毛皮动物了，除非它们的毛皮有很高的价值。想到这些，罗斯蹲在捕捉狐狸的陷阱旁边，一只手抓住了狐狸的脖子，另外一只手捏着狐狸的下巴，而丹尼则快速地移除夹在狐狸脚上的陷阱装置。这只重获自由的狐狸赶快逃跑了，罗斯看到它跑掉后开心地笑了笑。

"明年，它还会来这里的。我认为现在应该撤掉所有的狐狸陷阱装置，你说呢，丹尼？"

"我也是这样想的。"

"到时候，我们再重做六个。"

第二天，他们沿着长长的石头山走，抓到了两只狐狸，都放了生。大红走在他们前面，它老是把头埋进雪地里，然后又开玩笑似的摇晃着把雪甩掉。当他们来到山谷的时候，它突然变得呆呆的，似乎是同情起枯树干上的一只孤苦伶仃的乌鸦来了。罗斯和丹尼看到它这个样子，都不由自主地笑了。

"肯定还有足够的时间收回所有的陷阱装置。乌鸦出现后，知更鸟不出三周也会出现。"

"说得对，"丹尼同意地说道，"看，爸爸，还有一会儿天就要黑了。你来收拾那些陷阱装置，我去山谷里转转，看看海狸是不是已经在水池边的白杨树林里活动了。"

"好吧，不过我猜它们还没有出现，"罗斯嘀咕道，"你带着大

第三章

红去吧。"

天已经黑了，罗斯从山毛榉林往小屋走，他的肩膀上面扛着一大包东西，那是已经收拾好的陷阱装置，由于太重，他走起路来有点儿摇摇晃晃的。不过此时他心里非常高兴，他也说不清究竟是什么原因。春天就要来了，这样的话，哈金先生就要回到他的大房子里了。而且，哈金先生虽然没有明确承诺过，但是他曾经给过暗示，他会手把手地教丹尼训练狗儿。

罗斯总是忍不住怀疑。在他的生命里，似乎从来就没有任何人给过他什么，他所拥有的一切都必须靠他自己努力，用辛苦的劳动来换取。但是丹尼则不同。丹尼像他的妈妈，他不会只做一个猎人。这时候，罗斯热切地希望哈金先生可以实现他曾经暗示的承诺。丹尼跟大红在一起的时候很开心。对罗斯来说，他的一生都在捕猎，根本没有机会尝试其他行业。可以说，他已经看不见未来的曙光了，对其他的行业只能羡慕一下，但是那扇希望的大门可能会对丹尼开放，只要事情发展顺利，丹尼完全可以做到。

"我希望他们那么做，"罗斯喃喃自语道，"我希望哈金先生可以带丹尼到他身边。丹尼不会让他失望的。"

他把那些陷阱装置都放进了储物室，然后回到小屋，生起了火。当有人来敲门的时候，他已经开始准备晚餐了。罗斯打开门一看，原来是科里·乔丹，他是哈金先生房子的一个管理人员。科里把一个黄色的信封递给他。

"这是什么？"罗斯询问道。

"电报。"科里说。

罗斯拆开信封仔细地看了起来。他谢过科里之后，走进屋子，慢慢关上了门。罗斯退到屋子黑暗的角落里，一下子坐到了椅子上，他双手托着下巴若有所思。他的前额慢慢皱了起来，最后他生气地盯着地板。他一直有一种预感，这件事迟早有一天会发生的。但是丹尼还年轻！还不到18岁啊！

罗斯把电报重新拿起来，再看了一遍，接着他站起来，在屋里踱来踱去。当他听见丹尼回家的脚步声的时候，他马上把电报压到了面包盒子下面。丹尼开门闯了进来，他的脸颊通红，眼睛闪闪发光。大红也跟着进来了，摇着尾巴跟罗斯打了个招呼。这时，罗斯已经把桌子摆整齐了。

"怎么样？"罗斯转过头问道。

"已经开始活动了。垂柳正在发芽，海狸坝的冰面上已经有两三厘米那么深的水了。再过两个星期就可以捕捉它们了。"

"是吗？"

罗斯心不在焉地把一把水果刀掷向空中，然后准确地抓住手柄。他的眉毛也因为困惑而皱到一起了。这件事不是随便吓唬吓唬或者糊弄一下就可以过去的。年轻人看待他们遇到的事都十分敏感，如果一旦有人来干涉他们的事，通常会变得很暴躁。现在这件事要好好考虑一下，尽量用一种更聪明的方法来处理。但是罗斯不知道该怎么做。

"丹尼，"他直率地说，"你信任我吗？"

"当然，我当然信任你，怎么了？"

"好吧，我不介意你做什么工作，而且要是有什么可以帮助你的，我会很愿意的。"

"你想说什么啊？"丹尼接着问道。

"我在说那个女人就要来了，就是那个你带着大红去纽约参加赛狗会的时候遇到的那个女人！"

"啊！"

"给你看，"罗斯坚定地说，然后他从面包盒子的最下面把电报拿出来给丹尼，"你自己看看吧，我认为你有权利做任何想做的事。但是如果是哈金先生派来了一个女性亲戚，目的是想来哄骗一个不知道自己到底要做什么的男孩的话……"

"等一下。"丹尼打开电报看了起来：

晚上十点在火车站接雪莱·麦克格威尔。

致意，谢谢。

他折上电报盯着罗斯呆呆地看了看，然后他就开始大笑了起来："爸爸，那不是女人。那是一条狗！哈哈哈……"

"啊？"

"是条狗啊！"丹尼重复道，"那是哈金先生为大红找的配偶。哈金先生说过，要是他找到一条足够好的狗儿就会送过来！你想想，爸爸！我们要在这里饲养狗了，而且是名贵品种，是参加犬展比赛或其他比赛的狗！天哪，哦，天哪，爸爸！你想想看那该有多好啊！"

罗斯挠挠他的头疑惑地问道："你确定是这样吗？"

"当然啦！"丹尼在桌子旁边高兴得手舞足蹈，然后接着说："哈金先生在犬展比赛上很忙，没有时间在纽约跟那些女人聊天。爸爸，你想想，我们将来要有很多品种优良的小狗了，那将是多开心的事啊！两年之后我保证小狗可以参加在麦迪逊广场举办的犬展比赛了！我们要为它准备好一切，爸爸！还有……"

"雪莱·麦克格威尔！"罗斯哼了一声说道，"谁听说过一条狗居然会叫这样的名字啊，要是这屋子不够舒适的话，我们可以为它建造一个用蒸汽加热的房子！"

"没那个必要，"丹尼此时仍是充满喜悦，没有发觉父亲用的是讽刺的语气，"现在让我们想想，春天的小狗是最棒的。哦，天哪，秋天的时候我就可以有两只小狗了，以后我就可以带着它们跟大红一起去打猎。现在几点了啊，爸爸？"

"差二十分钟五点。"

"喔！我最好现在就出发！"

第三章

"最好不要这样，"罗斯冷冷地说，"到火车站有整整十千米，你要用五小时二十分钟才到得了。"

然而丹尼还是坚持立刻就去，但是当大红要跟着的时候，丹尼命令它回去。于是这条大猎犬只得回到丹尼床旁边的毯子那里，它棕色的眼里好像充满了迷惑和不解。罗斯把指关节弄得啪啪作响，大红走过去坐在了他的身边。罗斯对大红又是同情又是嘲笑。

"收起自己的小脾气吧，大红。你的生命里要有女人出现了。"

从门口处传来了丹尼的笑声。他穿上雪地靴离开了小屋，此时他的心情非常愉快，满是笑意地望着长长的通往火车站的山谷小道。他一边走，嘴里还一边哼着一首小调。此时他的脚像长了翅膀一样，走得又轻又快。他最大的梦想马上就要实现了，他就要开始饲养最棒的狗狗了。也许雪莱·麦克格威尔可以生很多小狗，所有的狗都会得冠军。想到这些，丹尼又情不自禁地笑了起来。不过也许只有一只可以得冠军。丹尼就这样一路唱着歌，一路快乐地思考着，朝着火车站快速走去。冬天的寒风里，原本五个多小时的路程他只走了将近四个小时就到了。火车站里冷冷清清的，丹尼坐在一条好像是被豪猪咬过的板凳上面。他想象着一排排数不尽的红色的狗儿从里面陆陆续续走出来，一边往外走，一边快乐地欢闹嬉戏着。终于，他听见了火车的汽笛声。

丹尼冲上了月台，看着火车从黑暗中照射过来的刺眼的灯光，随着火车慢慢地靠近，他紧张地跺着脚。**火车渐渐停下来了，车门缓慢地打开。**代理人伸出脑袋问道："嘿，你在等一条狗吗？"

"是的。"

"它在这里。"

他把一个箱子从门里面推了出来，丹尼兴奋地把箱子轻轻放到地上。他的心脏此时狂跳不止。在车厢里照射出来的昏暗的灯光下，依稀可以看见箱子里面的狗儿，他发现里面的狗的颜色就是那种完美的颜色——红色，这条狗比其他任何一条狗都更接近最佳品种，但是也不像哈金先生说的那样，是无价的。

火车又开始前进，冲进了远处的黑暗之中。丹尼跪在板条箱旁边仔细地观察这条狗。这条狗正发出呜呜的声音，丹尼伸手进去，它冰冷的鼻子贴在了丹尼的手上，尾巴撞向了箱子的另一边，不时发出低声的咆哮。突然，一声简短尖锐的叫声打破了夜的宁静，狗开始用它的前爪拼命地挠着板条箱的门。丹尼低声安慰它说道："哦，好了，好了，雪莱，以后由我来照顾你。你这么想要出来，肯定是又累又饿又冷吧。"

他在黑暗中摸索着，他发现是一根铁丝把这个板条箱的门关了起来，他解开了铁丝后把门打开。里面的狗略带犹豫走了出来，然后在丹尼前面坐了下来，低头舔了舔自己的爪子，扬着它那精致的头看向丹尼。丹尼抚摩着它的耳朵，轻轻地摸摸它的口鼻。接着他又伸出手去感受它的肋骨、腰身、脊背，还有它的后腿，随后他叹了一口气。如果你有足够的经验，那么用手感觉一只狗儿的时候就好像是用眼睛看一样，一下就可以知道它大概的情况。丹尼一下子就搞清楚了，如果雪莱不是马格鲁德博士的那条小母狗，那它一定是那条小母狗的一个完美复制品。丹尼从他的包里拿出一根鹿皮制作的皮带，穿进了狗狗的项圈里，接着又对它说："这是我们第一次见面，雪莱。现在，我们不能在黑暗中离开对方。"

他开始穿越森林，沿着他来的那条路返回，而雪莱在他旁边的雪地里挣扎着前行。丹尼有时候会小心地从它的后面推推它，试图让它沿着丹尼的雪地靴走过的痕迹前进。他们前进的速度很慢。雪莱可不是大红，大红知道走路的技巧，而且也知道森林里的路，但是雪莱有的是机会学习。

丹尼回到了山毛榉林，朝着小屋走去，而雪莱似乎已经筋疲力尽了，它从来都没有这么累过。这时候，远处木柴燃烧的气味刺激了它敏感的鼻孔。丹尼感觉到它的敏感，他蹲到雪莱身边抚摩着它光滑的毛发，然后轻声地跟它说话。风温和地吹着，春天早已经悄悄来临了，暖风把冷空气从山谷里往外吹。这时候，丹尼听见了大红质疑的叫声，罗斯的那些猎犬也走出了犬舍慵懒地叫着。

"把它带回来啦，丹尼？"，罗斯则站在门外张望。

"是的。我很快就可以取得它的信任。"

他蹲在这条颤抖着的狗旁边，轻轻地抚摩着它，一直和它说话。爱尔兰赛特犬是一个特殊的犬种，它们敏感、聪明又骄傲。你要正确对待它们，否则就没有办法了解它们。它们心里的怀疑和不信任是很难克服的，正确的开始对它们而言是必不可少的。狗停止了颤抖，把它的头靠在丹尼的大腿上，发出轻轻的叫声。有好一会儿，丹尼都那样紧紧地抱着它。

当丹尼站起来的时候，雪莱安心地走在他的旁边，而且在他脱鞋子的时候也非常愿意靠近他的膝盖。它对这个陌生的环境还是有一点儿害怕，但是已经不再颤抖了。

"这就是它。"丹尼骄傲地说。

"喔！"罗斯吹起口哨，"它是条好狗！但是它很害怕，丹尼。"

"它们都十分敏感。"

"嗯，我们必须让它冷静下来。"

罗斯撕下一块肥牛肉放到锅里，然后把锅架到炉子上。不一会儿，肉在锅里发出哔哔啪啪的声音，煎熟之后，他把肉拿过去放在雪莱高贵的鼻子下面。它闻了一下，用舌头舔了舔之后才开始吃了起来。吃完后，它细细地闻着罗斯的裤子、衬衫、手、鞋子，它把这些味道都牢牢地记在了它的脑子里，它记住了这个人，他是善良的，是可以信任的。丹尼蹲在它的旁边，用手轻轻地抚摩它那闪亮的毛发。

"看看它和大红怎么相处。"罗斯建议道。

丹尼环视了一下，看见大红坐在炉子旁边，看起来就像是在考虑着什么事情一样。他打了一个响指。

"来这里，大红。来跟雪莱打个招呼。"

大红站了起来，只是并没有走向丹尼，而是看着打开着的门，傲慢地忽视了小屋里其他的人，它像大王一样，昂首走向外面去了。

丹尼盯着它，突然感到十分意外。雪莱不知不觉已经靠近了丹尼，它正伸出自己那漂亮的舌头舔着丹尼。丹尼看着门外，然后又看看罗斯。

"到底是什么意思……"

"哈哈哈！"罗斯坐到椅子上大笑起来，笑得腰都要直不起来了。他喘着气说，"你给它带来了一个伴侣，丹尼。但是你没有问它是不是想要一个伴侣！"

"它到底怎么啦？"

"它是嫉妒了，你这个笨蛋！它自一开始来到这里就是这里的老大哥，受到了优厚的待遇。现在，你又带回来另外一只狗，威胁到了它的地位，这就是它那样做的原因。"

"哦，我真该死！"

丹尼的目光从雪莱身上移开，看向轻微打开的门，然后又看了看雪莱。他已经知道了大红还想继续在家里当老大的想法，所以雪莱最好听从大红的指令。但是他从来没有想过，大红甚至不会想要一个伴侣。

"我要怎么做呢？"他向罗斯求助道。

"我不知道。"罗斯无奈地摇摇头，但是从他的眼里看得出，他又要笑出来了。这时候他提了一个建议道，"你可以写信给报社的人，他们总是会给出很浪漫的建议，而且……"

"我又不是傻瓜，爸爸。"

"要是你把雪莱踢出去的话，大红就会回来的。"

"它会逃跑的。"

"很可能会哦，"罗斯也很赞同地说，"但是它肯定不会和大红分享床铺的。鉴于它现在在这里，它就可以拥有一切了。"

"看着它，"丹尼果断地说，"我出去看看能不能尽量说服那个老傻瓜。"

他拿出一个手电筒，然后走了出去。在院子周围有那么多条路，也不知道大红会走哪条。麦克，猎犬群的领导，它正打着瞌睡坐在狗舍前面，享受着温暖的微风。阿萨站在雪白的牧场上，让柔和的风吹走身体里的疲倦。丹尼吹起了口哨，阿萨抬起头来四处张望了一下。丹尼把手电筒的光朝阿萨看着的方向照了照，看见大红徘徊在骡子的棚舍门口。丹尼再吹了声口哨，大红就躲进了棚舍里。

丹尼跳过融化了的积雪，来到了骡子的棚舍前，直接走了进去。

阿萨的畜栏整洁干燥，干草挤满了棚舍的两边，几乎把棚子都占满了。大红伸展着它的四肢，脸面对墙壁，装作看不见丹尼的样子，躺在从墙上倒下来的一堆干草上。丹尼走过去蹲下来，跪在狗旁边。他伸出手挠挠大红的耳朵，那个地方是狗自己的爪子挠不到的。

"你这样做就像是个木鱼脑袋。"丹尼轻声地责备它。

"起来回到屋里去，大红。"

大红摇摆着它的头，抬头看了看丹尼，然后又把头转开了。丹尼心里有点儿怕了。罗斯说得对，大红果然是嫉妒了，它十分嫉妒亲爱的主人牵回来的另一只狗，更不用说直接把它带进屋子里。

"你错了，大红，"丹尼解释道，"我爱它不会超过爱你的。但是我必须让它到屋里来。它不像你一样很熟悉这个地方，它现在还不知道自己已经属于这里了。快点回来，大红，你还是这屋里的老大哥。来吧，大红！"

他跑向门口，然后停下来用手电筒照着干草。大红的身体完全伸展着，当丹尼吹口哨的时候，它甚至头都没有抬一下。丹尼焦虑地离开了棚子。大红深感被侮辱了，除非有什么可以弥补，不然它会一直这样生气下去的。但是，到底该怎么做呢？丹尼回到小屋，本来在罗斯的膝盖那里懒洋洋地躺着的雪莱优美地跑过去迎接他。

"它在哪里？"罗斯询问道。

"它和阿萨一块儿睡在草棚里。它就是不出来。"

罗斯摇摇头说：“那条狗可真是骄傲。现在我也不知道怎么做了。”

“它会恢复理智的。”

“是吗？”罗斯怀疑地问道，“我用四美元和一盒空的猎枪弹和你打赌，我认为它不会向你屈服的。”

“但是，但是我认为它一定会的！”

丹尼坐到椅子上，目不转睛地看着雪莱。他想要一只好狗来做大红的配偶，但是大红好像不喜欢这样。大红就是大红，一只很特别的猎鸟狗，一个猎人有了它就算是有了一个好同伴了。要是大红一直待在那里生闷气，那么他还不如不要这只配种狗呢。如果他把雪莱赶走，那么它只能在附近找安身之地，或者去哈金先生家。他向罗斯说了他的想法。

罗斯的嘴巴闭得紧紧的，然后摇摇头。

“丹尼，你看见那只被锁在雪地里的狗了吗？”

“看见了。但是……”

“哈金先生也不希望那样，”罗斯坚决地说，“要是他希望狗儿能去那里，他就不会送到这里来了。但是他决定送给我们了，送到你这里来了。难道你不想留着，要看着哈金先生把它带走吗？”

“我只是没有办法，”丹尼悲伤地说，“也许我们可以给大红一点肉哄它回来。”

"也许吧！"罗斯嘲笑地说，"你是知道大红的。只要是它不想做的事，随便你怎么折腾它都不会做的。"

"我想你是对的。"丹尼点点头。

这时候，雪莱抬起头看着罗斯，它把罗斯看成了它的良师益友，随后深深地呼了口气。它把头枕在了罗斯的膝盖上，罗斯轻轻地挠着它的耳朵。丹尼不开心地叹了口气。雪莱选择了罗斯，大红选择了离开，现在他不是有两条狗，而是一条也没有了。他走到床边，躺倒在床上，但是怎么也睡不着，虽然屋外温暖的春风已经吹了好几个小时了。夜里有好几次，他睡着伸手去抚摩他床边的大红，因为大红以前总是睡在他旁边的毯子上，但是这次落了空。

第二天早上，大红出现在骡子棚舍的外面，它坐在那里晒太阳。它因为睡眠不足而显得有些憔悴和疲倦。丹尼去那小块林地的时候就看见了它，他本来是想跑过去抱住大红的，他试着吹口哨想让大红进屋里来。但是大红只是转过头，背对着丹尼，然后又扭头去看别的地方。丹尼非常失望，扭头伤心地回到了屋里。

"它今天早上做了什么啊？"罗斯询问道。

"坐在阿萨的门前，叫它也不过来。"

罗斯温和地说："不要让这件事太伤你的心了。我打赌它会回来的。但是一只骄傲的狗儿就像一个骄傲的人一样，这个转变总是需要一个过程。"

"要是它想做一个傻瓜的话，那么它就是个傻瓜。我一点不在乎。"丹尼自欺欺人地说道。

"这才是恰当的做法。"

丹尼做好了早餐，雪莱走过去坐在罗斯的旁边，当罗斯把盘子里的碎屑给它的时候，雪莱顺势把一只爪子放在了罗斯的膝盖上。罗斯吃完之后把盘子推开，然后低头看着这只天真的狗儿，他的嘴角泛起了微笑。丹尼看着，虽然他的心里还是十分伤心，但是看着眼前的这一幕还是十分惊奇。罗斯是一个喜欢捕猎的人，他喜欢的狗儿都是非常凶悍的猎犬。很明显，柔弱的雪莱是不会捕猎的，而且也许什么都不会做，但是罗斯同样全神贯注地看着它，表现出对雪莱由衷的喜爱。

"这只红毛猎犬肯定有许多优点。"他说，"我们应该让雪莱出去跑一下，丹尼。"

"你认为它会一直待在这里吗？"

"当然，"罗斯自信地说，"我认为我完全可以掌控这只狗。也许对于它们，你有自己的安排，丹尼。但是你不能老是想让它们顺着你指定的路走。它们会为你做任何事，但是首先你也要给它们一次表现的机会，让它们做自己想做的事。"

罗斯推开椅子，走过去开了门。太阳已经爬上了高高的石头山了，山顶的积雪泛起耀眼的白光。牧场里现在全是积雪化成的水坑，

第三章

树干在阳光的照射下都升腾着水汽。雪莱在门廊上站了一会儿，而那些猎犬都从窝里跑出来朝着它叫。它抬头瞟了一眼罗斯，然后走下台阶，并且试图和那些猎犬保持着安全距离。它安安静静的，没有虚张声势，更没有像大红那样，和老麦克一碰面就给了对方一个下马威，以此证明自己将是这里所有狗的老大。此时罗斯的嘴上还是挂着浅浅的微笑，他和它一起走下台阶，当它在小屋门口走来走去的时候，罗斯也跟着它。后来他们朝着山毛榉林的方向走去，而丹尼则瞟了一眼大红。

大红还是坐在骡子棚舍的门外面，此时正漠不关心地盯着雪莱和罗斯。丹尼回头看了看他们，这时雪莱正跑向树丛。大约有六只鹧鸪从里面冲了出来，有两只叫着逃向了铁杉树，其余的四只则逃往山毛榉林里去了。雪莱疯狂地追赶着，它不停地来回奔跑，森林里这种自由的气氛让它觉得很高兴，而且，早上看到的一切对它来说都非常新鲜。

"过来，雪莱，"罗斯温柔地冲着雪莱喊道，"来这里。"

雪莱跑过去，亲昵地摩擦着罗斯的腿。这时候，大红离开了它在骡子棚舍的座位，以最快的速度穿过了满是烂泥的牧场。丹尼此时紧张得屏住了呼吸，准备大喊。大红像是完全疯了一样，它想要去杀死那些不受欢迎的入侵者。但是丹尼的喉咙就像是被卡住了似的，只是眼睁睁地看着大红跑到前面的铁杉树那里。丹尼冲进屋里去拿他的猎枪，然后跑过了牧场。

他听见父亲在叫他，但是他没有停下来。在三十米远的地方，他略微停了一下，然后又继续急切地跟着跑去。

"把它们找出来，大红。"他大声地说。

大红往前跑过去，那两只鹧鸪就叫喊着冲了出来。丹尼举起枪，故意朝着地面上打去，因为现在是禁止捕鸟的季节，所以他故意把枪瞄准得矮一点。

"没打着！"他沮丧地说。

大红看看四周，它的眼神再次变得友好起来，而且还开始摇起了尾巴。它轻蔑地朝着颤抖的雪莱看了一眼。大红，它是捕猎鹧鸪的能手，它已经在这个狗小姐面前充分证明了自己的实力，它的地位是不容侵犯的，而且丹尼也目睹了整个过程。现在谁是最好的狗已经没有任何疑问了，此时大红的口鼻埋到了丹尼的双手里使劲地嗅着，然后它走过去跟雪莱打了个招呼。

雪莱也走上前去，表情有点儿犹豫，但是很友好，它们互相闻了闻，然后一起走向了小木屋。

第四章

一　大黑熊

春天来了，融化的雪水注满了每一条小沟和洼地，小溪里面的水也溢出来了，淹没了附近的草地和森林的地面。绿草开始钻出土壤，抽出嫩芽，一些花苞也悄悄地展露了笑颜，树木也不甘示弱，长出了新绿的嫩叶。一天，天空出现了一群飞向北方的天鹅，它们鸣叫着飞过石头山的山顶。

在浅浅的小溪里，那头巨大的黑熊正在撕裂一根木头，它想要吃里面的虫子。大熊抬起头，伸长脖子盯着那些天鹅看了好久。然后它继续在那潮湿的木头上舔食着虫子，之后才拖着笨重的身体爬出了溪沟。

突然，它屁股后面短短的尾巴灵巧地颤动了几下，同时它摇摆着自己黑色的鼻子。一缕阳光从它的眼前闪过，它伸出了长舌头，

舔了舔嘴边残留的美味。突然，这头重达两三百千克的熊的身体灵巧地转起圈来。它转身盯着溪沟，仿佛今天即将发生非常开心的事，它现在的心情非常好，对一切充满期盼。

这个巨大冷酷而又野蛮的家伙，它是每一个山里人的敌人，是他们欲除之而后快的敌人。黑熊的冬眠已经结束了，它会用能找到的任何食物来填饱肚子，而且它不会放弃任何食物，除非肚子撑得实在是装不下了。人们已经有大约一年时间没有见过它了。而它也不害怕见到人类。

它站了起来，身上的毛发凌乱而蓬松，它那粗壮的腿已经准备好了。它向前走了几步，前面月桂树的树干一下子被它宽大有力的熊掌撕开了，坚硬的树干对它来说简直不堪一击。黑熊不停地走着，走向大高原的一边。走了大约十分钟，它停了下来，站在那里，摇摇它的脑袋，盯着山谷看，闻着风中的气味。然后它来到了山坡下面灰色的山毛榉林，到了林子，它又停了下来。

时间还早，刚刚升起的太阳柔和地照耀着整个大地。大白天黑熊不会来到人类居住的地方，因为人类很容易就看到它，而它很害怕他们手中的武器。但是到了晚上，那些长时间在野外生存的生物却依然可以看得很清楚，而人类不能，这样一来，他们的武器就没有什么作用了。很久以前，这头大黑熊就明白了一件事，在夜里，人类是没有什么力量的，是微不足道的生物。

黄昏过后，夜幕渐渐降临时，它直直地朝着这边走来，对旁边的事物视若无睹。它很清楚自己的目的地，它曾经来过这里很多次，只要它想去，随时都可以去。年老的战无不胜的山大王，自然是想去哪里就去哪里。

　　它来到了大牧场，在哈金先生的房子旁停留，然后躲在房子前面的森林里默默观察着。房子里有灯光在闪烁，它闻到了木头燃烧的气味，伴随着烟味，还有牛、羊和马发出的气味，那些都是哈金先生养在周围牧场里的。黑熊等在那里舔着它的爪子，它的前脚一不小心滑了一下，一声哀号从它那半张着的嘴里传出来。它是丛林之王，丛林之王此时想要就餐，而它那颤动的鼻子已经闻到了它期待已久的气味。

　　直到午夜前夕，当房子里的最后一丝光线消失后，它才开始穿过牧场。它走得很慢，动作十分谨慎，它那巨大的爪子踩在小草上时也不忘放轻自己的动作。这时候，有条狗叫了，那头大熊停下来专心地听着，接着再往前走。它没有丝毫的胆怯，它已经准备好了面对任何可能挑战它的敌人了。但是没有什么动静，它只想着要去农场找食物，一点儿不在意旁边的森林，也不在意看守的狗儿愤怒的咆哮声。随后那条狗躺下了，它也很紧张，不敢再叫了。

　　这个年老的战无不胜的家伙迈着轻轻的脚步朝畜栏走去。快到达目的地的时候，它还把头伸出去，靠在栅栏上看看周围有没有什么情况。畜栏里面的绵羊发出的诱人气味狠狠冲击着它的鼻子，它流着口水走进了草地。但是羊群已经转移到谷仓的安全地方了。罗伯特·弗雷勒——哈金先生的监工，他已经吸取了教训。大黑熊曾经袭击过这里，而且可能在任何时候还会再来，所以在夜里不能留任何动物在外面。

这头大黑熊转向了其中一个大大的灰色的谷仓，它把头往门上使劲撞。随着它的撞击，里面的牛开始惴惴不安地叫着，显然已经察觉到了即将面临的危险。大黑熊把巨大的前爪插入两块板的中间，它试图用力撬开这扇门。但是门很牢固，它费了很大的劲才把门缝弄开了一点点。然后那道橡木做的门又弹回来再度关好了。大黑熊愤怒地咬着那扇门，变得狂暴，它使劲地拍打着地面，反而弄得地上的鹅卵石弹起来打到了自己的脸，这让它更加愤怒，大声咆哮起来。

它慢慢靠近羊圈，然后用前爪打破了窗户。玻璃破碎时发出清脆的声音，羊儿们都被吓坏了，全都往羊圈的另一端跑去。大黑熊仰坐到地上，盯着房子看，要是有人出来的话就会从里面出来，但是它现在还是没有听到什么声音，也没有发现什么人在移动。它跳起来，头和肩膀钻进了那个被打破的窗户，随后又小心地缩回来。它本来可以进去的，可是它怕这个谷仓里有陷阱。于是它离开了谷仓，来到了马棚，种马那刺耳的尖叫声划破了夜的宁静。

大黑熊的身体摇摆着坐了下来，它的屁股正好对着人类居住的房子，房间里的人最后还是醒来了。门吱吱呀呀地打开了。那人提着一盏灯，摇摇摆摆地朝谷仓走来。大黑熊试探性地朝那个人走了一步，然后又慢慢地退回到黑暗中，在草地上 60 米的地方停下来仔细观察那个人。它看到那人提着灯慢慢地从一个谷仓走到另一个谷仓。他检查了一下破碎的窗户，然后解开马圈的门进去让种马安静下来。突然，一阵喧闹的铃声响起来了，所有房子里的灯都亮了，更多的人提着灯跑了出来。

大黑熊看到那么多人出来，就赶快跑回到山毛榉林里去了。这时候它并不害怕，它还是看不上那些人，即使跟他们正面交锋，它也是不怕的，但是现在它还没有从大谷仓里得到任何食物，因此没有必要现在就打起来。

因为没有得到食物，它愤怒极了。它一直往前跑，笔直跑进了山谷里，穿越了沉闷的山毛榉林，直到跑到了另一块空地的边缘，它才停了下来。

这里有一个木板做成的小屋，小屋建在巨大的山毛榉林的林荫下。小屋旁边有四个狗舍，有一个狗窝是空着的，还有一个储藏室和一个谷仓。这时候，风正从小屋那边疯狂地吹过来，大黑熊的嘴唇噘起来，探索着风里吹来的气味。它认识狗窝里的三条猎犬。它们曾经不止一次地跟踪过它的脚印，对于这三条狗，它除了蔑视和厌烦之外，再也没有别的情绪了。它记得小屋里还有两个人和一条狗。

由于愤怒，它的嘴里发出了难听的咆哮声。

在这个世界上，它唯一害怕的生物，或者说是唯一让它感到敬畏的生物就是小屋里的其中一条狗——大红，那条狗曾经追踪过它的脚印，想战胜或者杀死它。大红跟了它很长一段路，无论它怎么走，那条大红狗都能找到自己，经过了长时间的追赶后，那条大红狗终于在岩石那里追上了自己，还咬了自己。大黑熊看到小屋里走出一个提着枪的人，它只好悄悄地逃跑了。

它的头垂得很低，以至于它的黑鼻子儿乎都碰到地面了。

一头憔悴的骡子躺在围着棚子的牧场里。大黑熊摇摆着身子四周看看，然后它那珠子似的眼睛盯上了那头骡子。它今天的狩猎本来已经绝望了，但是这个猎物的周围没有围着橡木谷仓。于是这头大黑熊顾不上小心，快速跑了过去。

也就是在一瞬间，小屋里所有的人和动物都醒了。狗窝里的三条狗跳出狗舍的门口，想冲过去，但是一次又一次地被拴着它们的链子拉了回来。小屋里面的两条狗也在怒吼，屋里的灯亮了。

大黑熊不顾一切地朝骡子跑过去，它穿过了铁丝网，那头吓坏的骡子转身飞快地跑开了。黑熊冲上前，用那像锤子一样的大爪子拍到了骡子那细小的脖颈上。眨眼间，骡子的下巴便被打变形了。它挣扎着试图予以反击，但大黑熊很快又一巴掌打了过去，骡子被打得跪到了地上，随后就四脚朝天不动了。

一道强烈的亮光划破了黑暗，接着小屋的门廊上有两串红色的火花从步枪里闪出，砰砰两声枪响划破了黑夜。大黑熊举起爪子捂住被子弹打穿了的耳朵。它绕过挡在自己和拿枪人中间的骡子棚逃跑了，一直跑进了山毛榉林。

大红咆哮着，正要冲向黑熊逃跑的方向，丹尼怕它负伤，紧紧地抱住了它。大黑熊拖着脚走得很缓慢，然后摇摇摆摆地爬上了山毛榉林，往石头山上跑去了。

天亮的时候，有人发现黑熊在远处的荒野里挖了一个土拨鼠的洞，并且已经吃掉洞里的土拨鼠了。它还撕裂了更多的木头，用木头中的虫子来充饥。吃了一些东西之后，它找了一个铁杉灌木丛，蜷缩起来开始睡觉。它醒来的时候已经是凌晨了，天刚蒙蒙亮。它坐了起来，拉了拉自己的耳朵，因为它似乎听见了什么声音，想要确定一下。那声音终于听清楚了，是老猎犬从远处赶来的声音。五分钟之后，大黑熊就知道那些猎犬在追踪它了。因为它们已经走出了灌木丛，来到了上面的野生丛林了。当它更清楚地听见猎犬叫声的时候，它一刻都不停留地马上跑掉了。

一整天，它都在逃命，时而奔跑，时而走几步，它已经穿过了石头山的顶部，到了上面不知名的荒野。一整天它都能听得见猎犬的叫声。大黑熊的嘴巴因为打哈欠而张得大大的，它的舌头从嘴角伸出来。这时那长长的油腻的口水从它的下巴摇摇晃晃地淌下来，

第四章

随着它的疲劳度不断增加，它的情绪越来越愤怒。

夜晚来临了，那些在后面追赶的狗儿们也停止了喧闹。大黑熊站在高高的树木覆盖着的山峰上，停下来转身去察看它的身后。在远方下面的山谷里，有一些黄色的东西在闪烁，那是有人带着猎犬在外面露营的火光。罗斯在黑夜里带着他的猎犬没有找到大黑熊。但是他们一定会找到它的，黑熊也会遇见他们的。阿萨被杀死了，虽然它只是一个四脚动物，但是罗斯已经把它当作朋友了。

一晚上相安无事，到了早上，大黑熊还在睡梦中的时候，又有声音传了过来，它好像听见了有什么东西在飞奔的声音，仔细一听，原来是一群猎犬叫喊着追了过来。于是它立刻离开了睡觉的灌木丛，跑上山顶，然后从另一边下来。这里很荒凉，很少有人出现，只有少数时候会被带着枪的人类打破宁静。几年前的一场野火横扫了这片地区，巨大的被烧得漆黑的树干还躺在那里，有些树枝伸展向天空。现在已经有一片郁郁葱葱的小松树林给这里带来了一些生机，此外到处都是巨大的岩石。这时候，太阳正挂在头顶上，最后，它决定无论如何也不跑了。

它停了下来，靠着一块有房子那么大的石头坐了下来。它首先抬了抬后腿，然后开始前后左右地挥舞着前腿，仿佛是要为即将面临的战斗做好准备，保证战斗的时候自己有足够的空间。它仔细听着远处传来的狗吠声，身体向前微微倾着。然后它那红色的小眼睛中突然闪现了一丝狡猾的光芒，接着它将四肢都趴在地上休息了。

一会儿，它转身走向松树林，跟它来的路成直角，走了20米左右的时候，它又转身走了与自己来的时候平行的路。它走得很慢，很小心，尽量不把地上的树枝弄得沙沙作响，那声音可能会暴露自己。它悄悄地穿过松林回到了这条小路上，然后在旁边躺下了。它听见猎犬叫喊的声音，那声音变得越来越近了，它看见猎犬们来了。大黑熊静静地躺在那里，就在那三条猎犬来到它面前的时候，它突然跳了起来。

大黑熊那巨大的身躯瞬间压倒了麦克，把它扑倒在地。这条毛发斑白的老猎犬是一条有着丰富经验的猎犬，被扑倒后，它首先试着用下巴发力。但是大黑熊行动非常小心，它紧紧地把猎犬压在了胸前，将自己尖利的大爪子放在前面，一碰到老麦克便使劲刺进了老麦克的脖子，然后拖着猎犬出来。老麦克的后背此时都被打得凹陷了，它努力地用它的前爪想要爬到前面去，但是始终没有成功，只能张嘴朝大黑熊咬去。大黑熊见状，开始用力拍打它的头部。就这样，没几下，老麦克就死在了黑熊的魔爪下，不过尽管不幸丧命，但是老麦克的嘴始终咬得很紧，它的嘴里甚至还有一块大黑熊的皮。

大黑熊又转过身来，对付那两条狂吠不已的幼犬。那两条猎狗分开了，一条走到大黑熊的侧面，另一条在前面好像要进攻似的。大黑熊慢慢地移动着，它拍打着在它前面的狗儿，表面上看，它只是在那里保持着同样的距离。突然，毫无征兆地，它转过身来用巨大的熊掌从侧面击打那一条猎犬的颈部。猎犬顿时被它打飞几米远，重重地撞在了一块巨大的岩石上。接着大黑熊跳到另一条猎犬前面，用爪子把它拍成了一团血肉模糊的东西。它已经彻底发狂了，愤怒的情绪完全爆发了，直到它听见人的喊声从远处传来。

"嘿……"

大黑熊站起身子来仔细听着，它的小眼睛很明亮，耳朵也很警觉。它现在有很强的战斗欲望，而且它已经胜利了。它回到了灌木丛里，很安静地等在那里。在它还没有听见任何动静的时候，它就已经闻到了风中传来的罗斯的气味。罗斯右手拿着枪朝着他最后听见猎犬声音的那个地方跑去。大黑熊见他走近，突然跃起，试图袭击罗斯。

但是袭击一个人与袭击一条狗不一样，大黑熊知道。它此时很愤怒也很紧张，它不可能像打死猎犬那样一下子把猎人打倒。它的前爪打向了罗斯的左臂，但是没打到，从他的胸前擦过，罗斯快速退到了松树林。罗斯始终握着他的步枪，他右手拿枪蹲坐下来。他跷起大拇指，右手也一起抬了起来。

想着接下来将要发生的事，大黑熊停顿了一下。它已经活了很久了，因此它知道很多事情，当然也清楚在大白天拿着枪的人，对它来说可不是能硬来的。犹豫了一秒，它立马转身跑进了松林里，这时罗斯的子弹刚好从它头顶呼啸而过。

在山下的山毛榉林里的小屋内，丹尼正坐在温暖的阳光下，大红也躺在他的旁边，雪莱则趴在柔软的草地上。丹尼怜爱地看了它们一眼。雪莱此时正带着它的小狗崽，它刚生了小狗狗没几天，所以还不能剧烈运动，丹尼必须小心照看它。当罗斯去追踪大黑熊的时候，他必须留在家里照顾它。

丹尼看着那堆覆盖着阿萨的土，然后抬头朝山上望了望。他焦急地皱起了眉头，他感觉越来越不安了。但是没有什么可以阻止罗斯去捕猎，而且谁也没办法说服他带着其他人去。大黑熊杀死了阿萨，而罗斯会与任何伤害皮克特家的流氓不共戴天。猎犬也许不会主动袭击大黑熊，哪条猎犬都不敢，但是它们会追着大黑熊跑。罗斯已经去了整整三天了。

这时候，丹尼的目光回到了雪莱身上，好像有什么东西深深触动了他。他似乎看清楚了模糊的景象，那就是赛狗会上狗的轮廓。但是不知道为什么，他怎么也想象不出来，虽然那好像跟雪莱有很直接的关系。丹尼知道那条好狗只存在于他的脑海里——一条杰出的狗——一条其他的狗看到了都会自惭形秽的狗。他蹲下来挠挠雪莱的耳朵。

"你认为怎么样啊？"他小声地说道，"你将会有一大家子，然后，你和我，还有你的小狗狗和大红，我们一起去大显身手。"

大红突然站了起来，它脖子伸得长长的，耳朵也警觉地竖起来。

这时候它发出了一声简短的具有挑战性的声音，那是来自于它喉咙深处的声音。丹尼也抬起头沿着狗注视的方向看。罗斯喘着气从山毛榉林里来到了空地上。他走得很慢，他的眼睛看着地上，左臂无力地耷拉着。丹尼奔向他，伸出手臂抱着父亲的肩膀。

"爸爸！"

"我找到熊了，"罗斯虚弱地说，"它杀死了那些狗，三条狗都没有了。"

"先不要说话，爸爸。"

丹尼扶着父亲进了小屋，帮着脱下外套让他躺在床上，然后端了一杯水递到父亲的嘴边，接着放了一条湿毛巾在他的前额上。随后他带着大红跑去了哈金先生家，哈金先生的管家科里·乔丹出来了。

"叫斯梅德利医生！"丹尼快速地说，"叫他快点来！我爸爸被黑熊伤着了！"

说完之后，他赶快沿着原路跑回家。罗斯安静地躺在床上，但是从他的眼里看得出他的痛苦和悲伤，他呆呆地望着天花板。丹尼看看父亲那血迹斑斑的衣服，然后又看看他憔悴的脸庞，心里感到很难过。这时候，科里·乔丹冲了进来，一个小时之后，斯梅德利医生也来了。他弯下腰看看罗斯，而丹尼则焦急地在他后面看着他工作，直到斯梅德利医生直起身来。

"他……他伤得重吗？"丹尼着急地问。

"三根肋骨折断，手臂骨折，"斯梅德利医生说，"伤得有点重，但是他会好起来的。"

斯梅德利医生开始准备注射器，他要给罗斯的肩膀打上一针。

"那是做什么？"丹尼问道。

"让他好好睡一觉。这样我们给他接骨的时候，他就不会有感觉，他也需要休息。"

丹尼走到床边，低头看着罗斯因为痛苦而扭曲的脸。

"爸爸，你是在哪里摆脱那头大黑熊的？"

"那里全是小松树，生长在被火烧过的地方。"罗斯低声说，"你不要让它跑掉了，丹尼。往石头山的西边一直走，然后经过三个山丘，再往那座大山上爬，就是两年前我们在一个山洞抓到渔貂的地方。你直直地往前走，它就在那座山的东侧，位于一棵死掉的板栗树和西边一棵大松树中间，那里就只有一棵大松树。它杀死了所有的狗，丹尼。它杀了所有的狗，小心点。"

"我会的，爸爸。别担心。"

然后他退后一步看着医生在罗斯的肩膀上注射麻醉剂。罗斯看起来就要睡着了，而丹尼转向科里·乔丹。

"你能在这里和医生一起陪着我爸爸，直到我回来吗？"

"当然，丹尼。我很愿意，哈金先生也希望我这样做。你要做什么呢？"

第四章

"这里只有一条狗敢咬大黑熊，"丹尼坚定地说，"而这条狗可以再来一次。我和大红打死它之后就回来见你们！"

二　大红的奖励

丹尼再也没有耽搁，他看了一眼小屋里的人，然后着手准备出发。他把一个帆布旅行包从架子上取下来，往里面装了一盒火柴、一块肉、一小包咖啡、三千克面粉、两块面包和一个急救箱。然后，他把带鞘的刀挂到皮带上，放了一盒子弹在他的口袋里，最后把枪从架子上取下来扛在肩上。现在是时候去那片荒野找黑熊算账了。大红跑过去严肃地坐在他的旁边，当丹尼走到门廊那里的时候，它紧紧地跟了出去。

丹尼出发了，温暖的风吹着他的脸和脖子，吹皱了他的衬衫。他现在十分清楚自己要做什么，而且他从来没有如此冷静过。

大黑熊必须死，他十分肯定。不仅仅是因为它杀死了阿萨，弄伤了罗斯，还因为它可能会伤到或杀死其他人，温特比荒凉且地势险要，他已经做好了面对一切危险的准备。丹尼思索着，只有在那里才能找到大黑熊，因为只有藏在那里，它才可以避开人们的追踪。现在大黑熊已经向他们证明了它的实力，它袭击了罗斯，好像是在说明，要是没有它的允许，谁都不能去那里。而丹尼知道，他必须面对大黑熊的挑战，他必须去那里，在大黑熊的地盘跟它打。这件事是他不能忽视或者逃避的。

同时，他也清楚地认识到此去的风险很大，但有成功的机会。主要在大红，这是他除了罗斯之外最爱的。在捕杀大黑熊的时候，大红有可能被杀死，或者即使不被杀死也会受伤，但事实是丹尼必须带它去猎杀黑熊，猎杀那个危险的恶棍。尽管这样一来，丹尼那么长时间训练大红捕鸟的工作会变得毫无意义。最后，丹尼考虑到自己可能会受伤，但是他知道自己必须去，罗斯也希望他去。罗斯和丹尼一样，他们都了解温特比，谁要是面对挑战的时候胆怯的话，就永远不会成功。丹尼咬着嘴唇。他虽然还年轻，但是已经长大了，知道了生活的艰辛。而且，在他看来，他未来的日子里将会遇到很多的熊。他将来要是遇到熊会怎样处理很大程度上取决于他今天怎样来面对大黑熊。这是他的战斗，他必须不怕损失和牺牲，必须不顾一切地努力战胜它。

他走下台阶，没有去看狗窝，而是直接走过草地，走向山毛榉林。这时候金灿灿的阳光斜射下来，在森林的地上投下了斑驳的影子，像画卷那般美。大红紧跟着他，好像是在用它的方式说明这是一次非比寻常的旅行。甚至是到了石头山顶，丹尼都没有回头再看看小屋。

丹尼走在大高原的边上，尽量避免踩到正在生长的小月桂树。

他们走得并不快，一路上还有昨天罗斯追踪黑熊的过程中留下的痕迹，以及他受伤后痛苦地走回家的痕迹。当然，在大黑熊杀死猎犬的地方现在已经找不到新鲜的痕迹了，看来他在对付大黑熊之前可能要在这一地区待上好几天。但是他应该留下来，也必须留下来，直到最后跟大黑熊算清这笔账。

夜晚来临，丹尼在一条从山谷流下来的溪水边停了下来。他从包袱里拿出了一根线和钓鱼工具，翻开一块石头，抓出蜷缩在石头下面潮湿的泥土里的虫子，然后他在小溪里钓到了八条肥美的鳟鱼。这里的鱼很多，每次都是他刚把诱饵甩到溪里就有许多小鱼急着来咬钩了。他把鱼穿在树枝上点起火来烤，烤好之后便跟大红一起吃起来。最后他把火堆移到一块巨大的石头前面，背靠着大石头坐了下来，他盯着火苗看，同时抚摩着大红。在这样一个安静的夜晚，他重新审视了一下自己。首先是要相信自己，然后是相信大红。他的第一判断是这条大猎犬是一条勇敢的狗，还很聪明，也很漂亮，近乎完美。不知怎么的，他现在很清楚地知道，他的判断一定是正确的。

伴随着清晨第一丝晨光，丹尼从睡梦中醒来，他又钓上来许多鳟鱼。吃完鱼后，他和大红开始朝着山谷进发了。他爬过了最高的山脊，然后跑进了山脊上的一大片松树林里，那里是罗斯和他的猎犬跟大黑熊展开那场悲壮战斗的地方。温暖的风吹下山岭，吹在他的脸上，丹尼加快了速度。有一种渴望在推动着他前进，而他也更加坚定地握着步枪。大红已经跑到前面的小灌木丛了，瞧了瞧后又跑回来了。

丹尼爬上那座山，来到他和罗斯两年前抓到那只渔貂的洞口，然后他往东坡走去，站在那棵板栗树下面。那棵板栗树现在已经死掉了，所有的树枝都已经变成了光秃秃的灰色枯枝，小树枝也被折断得不成形了。他从脚下裂开的山谷看过去，看见了一棵巨大的松树生长在对面山坡上。风从山谷里吹来，吹得下面小松树顶端的叶子沙沙作响，就像在唱歌似的。丹尼用眼睛测量了一下，沿着直线通过板栗树看向大松树，在下面的山谷里，他看见一只早早起来巡视的乌鸦随着气流滑翔着飞进了小松树林。在山谷的尽头，另外一只乌鸦发出沙哑的声音，不久就飞了下来，落到刚刚第一只下降的地方，那里就是猎狗倒下的地方。

丹尼看了看那里。有一天他会回来的，他会把老麦克和他的两个小狗崽合葬在一起，而且还会在它们的坟上记录下它们曾经在这里所展开的殊死搏斗的战绩。但是现在首先要做的是给它们报仇，然后再来祭奠它们。

丹尼坐在了下面一个板栗树桩上，一条胳膊抱住大红的脖子。他把步枪放在他可以随时拿起来进行射击的地方，然后眉头紧锁，开始沉思。他可以走下山谷，然后找到大黑熊的足迹，但是那可能要花费好几个小时甚至是好几天时间。

"他会去哪里呢，大红？"丹尼轻声地问，"那个老恶棍离开这里会去哪里呢？"

大红发出呜呜的声音，然后转过头去舔丹尼的耳朵。丹尼盯着地上看，有一只蠕虫在一步一步地往前爬，他突然想到了什么，然后拍拍脑袋一下子站了起来。昆虫的卵是孵化在死掉的潮湿的树干上的，那种树干上会布满虫子。大黑熊在大胆尝试袭击农场失败之后会重新回到野外生活，而在这个季节，虫子是最丰富也是最容易得到的食物。

丹尼低下头，闭上眼睛，他试着在脑海里重现这一地区的景象，因为他了解这里。大黑熊强壮凶悍，而且胆子够大，竟然敢去伏击三条猎犬和罗斯，它离开战场的时候还没有盲目恐慌。它很有可能在离开之前停下来等了一会儿，看看是不是还被其他人或猎犬跟着。但是它已经跑了很久了，在离开之前需要休息一下，然后吃点东西。离这里两座山的地方有大量的落叶，那里的树干都长满苔藓而且时常有果子从上面掉下来。丹尼快速思索着，想清楚之后，他马上起身开始朝山下搜寻。在追踪那些陈旧的痕迹之前，他会首先选择穿过那两座山，看看能不能找到一些黑熊留下的新鲜痕迹。

丹尼艰难地爬上一座山，然后从另一面下山，再爬到前面那座山的时候，大红始终紧紧地跟在后面。当丹尼站在山顶盯着山坡时，大红就在他周围走来走去，它竖起耳朵，颈部的毛也竖了起来。它咆哮起来，抬头看着丹尼，摇起尾巴来。

丹尼蹲下来，把手放在大红的口鼻处，他努力地顺着大红盯着的地方看过去。风正吹着小灌木丛，丹尼举起他的枪，另一只手握住枪托，准备射击。过了一会儿，他站起来慢慢地走下山坡，经过了黄色的被撕破的树桩，前面一大片都是这样的树桩。有些树干已经被强大的爪子抓碎了——那是一头黑熊做的。

有一条小溪从山坡上流下来，小溪的水软化了地面，丹尼在那里发现了大黑熊的足迹。他单膝跪地，俯下身仔细查看着，那脚印比自己的脚掌还要长，比自己的手掌还要宽。他猜这就是他要找的了，显然，大黑熊来过这里吃虫子。溪水边的足迹大概是两小时前留下的。丹尼抓住大红的颈背，让它把鼻子放到那足迹上面。

"这就是它，"他说，"就是我们要找的恶魔。"

大红在那足迹上使劲嗅着，然后抬头看着丹尼，接着坐下来，尾巴平放在地上，沿着山坡往下看。大红从来就不是一条追踪足迹的狗，现在也不可能马上就改变。但是如果它能追踪到大黑熊的气味并且马上追赶的话，它就有可能追上大黑熊并最终咬上它。丹尼往回爬上山顶，坐了下来，现在还是吹着西风，风吹得很轻但是很稳定。云从天空飞过，松树的顶部也被吹弯了。很长一段时间里，丹尼都紧紧地盯着山谷。

现在大黑熊显然不在这里，否则大红会闻到它的气味而且能马上指出它在哪里。但是大红现在根本就没有警觉的迹象，也不知道如何跟踪。丹尼往回看了看他发现脚印的小溪那里。要是他愿意，可以直接跟着脚印走，最终会找到黑熊的，但是他必须跟它斗智，就像是会技巧的伐木工一样。尽管足迹还很新鲜，但是还是需要很长的时间来追踪，因为有岩石地面。丹尼又看斜坡那里粗大的腐烂的树干，它们静静地躺着，上面爬满了虫子。如果大黑熊想要休息几天的话，它可能不会走得很远。但是它究竟在哪里呢？有什么好办法找到它呢？

丹尼直起身来，直接往山顶上爬去，大红跟在旁边。他们从山谷穿了过去，接着走过了接下来的山，朝更远处的山走去。最终他们来到了一个杂草丛生的山谷，从这里朝东直走，在行走的过程中，他一直都在熟记脚下的路，同时也不忘观察大红。大猎犬在茂密的树林里已经离开他三四次独自去捕捉鹧鸪了，但是从来不把鼻子放到地上检查脚印的气味，而丹尼也没有看见前面有熊的踪迹了。大黑熊这时候一定是在某个地方故意绕着圈走。

丹尼往正东方走去，刚好穿过刚走过的那座山的山下，然后回到了树上长满虫子的地方。他绕过去，穿过这座山和前面那座山之间的山谷，最后坐下来开始思考。他吃了面包和培根，也分一些给大红吃，之后背靠着一块大石头坐了下来。黄昏渐渐来临了，那些古怪的蝙蝠在他前面的小溪上空忽上忽下地飞着。

在丹尼再次爬上山之前，夜变得漆黑了。他把包袱留在了小溪边，只带了手电筒和三节手电筒用的电池，还有他的步枪。现在还是吹着稳定的西风，一切都很安静。突然，他听见了一声轻微的拍击声，大红马上停下来仔细地倾听那声音，丹尼也跟着停下来。他现在到坡顶还需要爬行三四十米。

　　丹尼的脖子紧绷着，身体有点儿颤抖。他同大黑熊打过几次交道，但是大红追击大黑熊那次，丹尼不敢朝它射击，怕它伤到大红，但是这一次，无论如何他都要开枪击中它。尽管大黑熊已经在白天被追踪过很多次了，但是就丹尼所知，这是第一次有人在夜里去捕杀它。他来到了山顶，在黑夜里摸索着大红，一碰到大红，他便紧紧地抓住了它。

　　大红似乎有点儿紧张，丹尼把枪放到膝盖上，他的另一只手捂住大红的口鼻。此刻他为自己感到骄傲，他很激动，他之前的设想再一次被证明是正确的。大黑熊并没有走远，他只是在吃饱了虫子之后找了一个茂密而隐蔽的树林睡觉去了。现在，它又回来了。从斜坡下传来了大黑熊撕裂木头的声音，接着，黑夜又回到了可怕的寂静中。

　　但是很快这安静就被大黑熊旁边那些四下逃窜的虫子所发出的声音打破了。这时候有微风吹出山谷，打了个旋涡后从四面八方扑来。大红还是保持着紧张状态，它紧紧地贴着地面。丹尼把枪死死地攥

第四章

在手里，一只手握住枪托，一只手扣住扳机。在黑暗中很难预料会发生什么。

大红转过头，它很镇定地跟着丹尼。丹尼慢慢地转过身来看着山脊，他一步一步地继续往前跑，沿着刀锋似的山脊跑，直到他绕了一圈再看到山谷之后就转弯了。丹尼狠狠地咬着嘴唇，甚至连嘴唇被咬破，一些鲜血流进嘴里也没发觉。然后他松开大红，把手伸进口袋里，拿出手电筒。

他们正在捕杀那头伤害罗斯的大黑熊，但是反过来，在这漆黑的夜里，那头大黑熊也在捕杀他们。大黑熊已经回到了枯树那里吃虫子去了，此时它也闻到了大红和丹尼的气味，它不会选择再次逃跑，而是宁可在这漆黑的夜里做个了断，这是它最喜欢的方式，也最适合它的性格。丹尼艰难地咽了一口唾沫，他知道决斗就摆在眼前了，但是他试着冷静分析以便正确对待。大黑熊不是普通的熊，它个头更大，肩膀更宽，本性更凶残，而且它比丹尼曾经碰到过的任何一头熊都更聪明。毫无疑问，它还记得大红，因为大红曾经咬过它，尽管它现在可能还有点儿害怕这只狗，但是它也知道迟早有一天它会再次遇到大红的，一旦遇到就必须战斗，无路可退，它会用自己的优势去战斗，进而消灭对方。

黑暗中，它可以十分清楚地看到他们，并在他们周围巧妙地走动，它正在鼓起勇气寻找恰当的机会进攻，而且是在寻找最佳的方法。

现在它马上就到山下了，它正牢牢地盯着他们，用它的灵敏的鼻子嗅他们的气味，用它的耳朵听他们的每一个动作。丹尼给步枪上好膛，在这寂静的夜里，这声音显得很大。他右手拿着枪，左手紧紧握着手电筒，然后轻声说："你留在这里，大红。就在我旁边。"

山坡下全是鹅卵石滚动时发出的声音，还有爪子抓在石头上的声音。丹尼努力地回想着，试图想起他早上在山边已经看过的周围的环境。最近的大岩石距离他们目前站的位置大约五十米，而现在，大黑熊一定是在石头上走。他想将手电筒的光一闪而过就马上射击，但是他犹豫了。大黑熊有可能会再走近一点，近距离更好射击。要是它不走近的话，要是它不打算展开攻击而是直接跑掉的话，我该怎么办？丹尼一边思考着对策，一边催促大红跟着自己。也许在这荒野的某个地方，大红还可以像上次一样再咬大黑熊一次。

这时候，大红再次面朝山脊，然后向前走了一步。丹尼准备好手中的步枪和手电筒，这一次大红没有转头，因此说明熊正静静地站着。丹尼把手电筒的开关推开，手电筒马上亮了起来，白色的光束瞬间照射到黑暗中，他看见有什么东西正站在约二十米远的山脊上面。山谷里的风从四周吹过去，把那家伙肚子上的长长的毛发都吹得卷曲起来了。

丹尼把枪举起来，用那只拿着手电筒的手支撑着，然后瞄准那束光。这时候他有些恍惚，认为发生的这一切似乎都是不真实的，不可能这么轻而易举就能近距离直面这个巨大的怪物。这样的事本来只能在梦里出现，醒来后就会发现只是模糊的记忆而已。但是他的手的确是扣动了冰冷的扳机，步枪在黑暗里喷出了一团很小的红色火焰。就在枪响之后，大红的吼声在这漆黑的夜里响彻山谷，几乎就在同时，大红和大黑熊扭打在了一起。

丹尼一次又一次开枪，然后拼命地掰开枪杆，把一颗又一颗子弹往里面填充，来对付那个迎面而来的黑色的大家伙。一种绝望的感觉几乎要把他压倒了。大黑熊似乎并没被打中，继续向他冲过来。现在，黑熊就像是一个巨大的怪物，不是血肉之躯，而是没有生命的妖魔鬼怪，子弹打在它身上似乎都不起任何作用了。丹尼睁大眼睛看着它朝自己冲过来，距离自己仅仅只有十米了，然后是六米，那一刻，要是没有大红的话他早就命丧熊口了。

大红看见黑熊朝丹尼扑上去时，它赶紧冲过去。大黑熊的爪子忽地一下转了方向，朝大红的胸部拍去，大红被拍打在地滚了几圈。这时候，大黑熊的注意力从丹尼的身上转移到了大红身上，它赶过去，想一口气终结大红的性命。

这时候，丹尼急忙将更多的子弹装到枪里。随后，他冲上前把枪口对准大黑熊的耳朵，扣动了扳机。大黑熊猛地痉挛一下，颤抖着，慢慢地倒下去不动了。

惊魂未定的丹尼脸色苍白，浑身颤抖，步枪悬挂在他身边，手电筒掉在了地上。浑身是血的大红怒吼着冲向黑熊，但是随即停下来转头看着丹尼，它的嘴张得很大，气喘吁吁吐着长长的舌头。此时的丹尼已经摇摇欲坠了，步枪哗的一声掉到了地上，丹尼的眼泪不由自主地流了下来。现在他只想着大红，漂亮、勇敢、坚强而又高贵的大红。

"大红！"他带着哭腔喊道，然后快速跑过去，跪在地上仔细查看受伤的大红。他的手急切但轻柔地在大红的左胸和腿上摸索着。温热的血液顺着他的手指流了下来，他感到大红身上的肌肉被撕裂了。当他打开手电筒之后，他被眼前的一切惊呆了，大红再也不可能参加并赢得赛狗会的比赛了，它的前腿被大黑熊撕掉了一半，丹尼赶紧抱着大红下山，来到山下他留下包裹的地方。他轻轻地放下大红，并在大红旁边跪了下来，他往大红的伤口上撒了一点磺胺粉，绑上白色的绷带，丹尼脱掉外套给大红做了一张柔软的床，然后生起了火。

天慢慢亮了，太阳穿过早晨的迷雾静静地照到山谷里，小溪哗哗地流淌着。大红抬着头，僵硬地躺在外套上面，在黎明的晨光里对着丹尼咧开嘴并缓慢地摇着尾巴。丹尼拆开绷带看了看伤口，谢天谢地，大红的伤口并没有感染。但是距离大红下次出去打猎，还需要修养很长一段时间。丹尼拿出钓鱼竿去小溪里钓鱼，钓上鱼来之后抛给大红，让大红吃一些补充营养。下午的时候，

他爬回山上，看着大黑熊静静地躺在那里。即便是现在，丹尼在看到大黑熊时还是会不由自主地战栗一下，如果不是看见那个庞大身躯此刻一动不动，丹尼一定会以为昨晚发生的事是在做梦。此时大黑熊的的确确就躺在那里，永远不会再站起来了，它轰然倒下的身躯表明了这个曾经的丛林之王已经彻底被打败了，躺在了它曾经统治的荒野里。

连续好几天，他们都在小溪边露营。大红偶尔会从他的外套上起来四处走走，而丹尼则用心照顾着它。大红的伤口恢复得很好，但是留下了一个难看的疤痕，而且以后它的右前腿再也使不上劲了。丹尼把大红拉过来，紧紧地抱着它。

到了第八天，他们离开了这里开始往家走，大红一瘸一拐地跟在丹尼后面。那天晚上，他们在另一个山谷扎营，就在石头山的山下茂密的月桂树林里。大红的头枕在丹尼的膝盖上，而丹尼则坐在火堆前面，火苗在不断跳跃，他盯着漆黑的夜空，不知怎么的，突然觉得自己已经变了。过去的丹尼随着大黑熊而去，一个崭新的丹尼出现了，这个新丹尼能够做到他以前完全做不到的事。

第二天傍晚的时候，他们终于穿过山毛榉林进入了空地，看见了小屋。丹尼停了下来，将左手放到大红的头上。罗斯站在门廊上，他的身后还站着一个头发花白、身穿清爽运动衫的人，哦，原来是哈金先生。丹尼惊讶地摇摇头。要是在过去，丹尼这样带着受伤的大红回来，遇到哈金先生的话，他一定会吓坏的。但是现在的丹尼已经完全能够应付这样的事了，就像他可以做好其他的任何事一样。他缓缓地走过牧场，走向小屋。这里一切都有了变化，阿萨和三条猎犬没有了，只剩下了罗斯、雪莱、大红和自己。

丹尼的目光在他父亲的左手臂的吊绳上短暂地停了一会儿，然后又看了看他的脸。

"它死了，"丹尼说，"它死在山脊上了。我们在夜里找到了它，我和大红在夜里把它杀死了。"

罗斯点点头，"干得漂亮。"他低声说道。

丹尼转过脸看着严厉的哈金先生。大红的腿不断地动着，丹尼把手放在它头上。

"都怪我，"他说，"都是我的错，都怪我。是我让大红去捕杀熊的。要是我不带它去，它就不会受伤了。但是我还是带着它去了，它以后再也不能参加赛狗会了。不过，大红天生就是一条非常优秀的猎犬，我很爱它，不希望它受任何伤害，但是还是希望它能跟我们一起打猎，我不会太宠它，而且永远不会。要是你愿意把大红卖给我，我愿意付给你买它时的成本，7000美元一分也不少。"

他听见了罗斯的叹息声，但是毫不在意。他似乎突然之间变得成熟了。丹尼·皮克特虽然出生在贫困家庭，但他不会永远过着贫困的生活。他已经摆脱了以前的束缚和禁锢，就算以后他和罗斯会因此而苦苦挣扎一辈子，他也绝对不会后悔，而且如果别人能做成大事，那么他确信自己也可以。

"我没有 7000 美元，你也知道我没有。但是我可以赚到，给我一些时间就能赚到钱。我必须得到大红，我不能再和它分开。它必须是我的。而且我再说一次，只要你愿意把它卖给我，我会一分不差地付钱给你的！"

哈金先生忽然出乎意料地说："报价很合理，我会接受的。但是在某种程度上，你的想法有点儿像个傻瓜。"

"为什么？"

"因为有人被那头熊伤到了。既然黑熊伤害了人，它就也能杀死人。我相信，任何动物的生命都没有一个人有价值。如果你必须让大红帮你捕杀那头熊，那么你就有权利得到它。"

"我也是这样想的。"

"那是什么原因使你认为我不是这样想的呢？另外，丹尼，我要是把那条狗卖给你可是个好买卖啊。它已经赢得了该品种的最佳猎犬称号，它以后再也不会赢得比赛了，因为它不再完美了。不过，它还可以做些小事情啊，比如配种。你可以把它带出去，然后以每次 75 美元的价格配种，我相信这一地区的任何爱狗的人都十分愿意带着他们家的母狗过来配种并且付款。当然，如果你不愿意收钱，到时候可以随便挑选小狗狗。顺便说一句，现在你在我这儿有了更

215

多的责任，我每个月会给你 100 美元。我会扣下你工资的 50 美元，就把那当作是你每个月付给我买大红的钱。这样的话，大约是明年，要是一切正常的话，你可以自己报个工资数目。当然，我也相信不会出现问题的。毕竟能够很好地跟狗儿相处的人并不多见。即便是今年我们不能带大红去，我们也可以带雪莱去啊。我希望你可以好好训练它，但是如果我们要参加赛狗会的话就需要罗伯特来照顾小狗崽了。"

"狗崽？"丹尼茫然地说道。

哈金先生咧嘴笑了起来："你觉得雪莱怎么样，丹尼？"

"它是条很棒的狗。"

"你爸爸也是这样想的。他……"

"我告诉哈金先生虽然我曾经是个猎人，"罗斯有点羞怯地承认道，"但是那个雪莱，它可真是魅力无穷，深藏不露！一下子生了那么多的小狗崽。我问哈金先生是否介意我跟你一起工作来训练更多的猎犬。我不是想忘记麦克和它的小狗崽，而是这些赛特犬我不能不付钱就得到。"

哈金先生眨了眨眼睛看着丹尼："他甚至可以得到薪水，当我们真正得到一大群赛特犬的时候，对吗？马格鲁德博士出国了，丹尼，他远去中国，在那里找到了工作。他不知道该怎么安置雪莱，所以就便宜卖给了我。但是，来吧，丹尼，我们有好东西给你看。"哈金先生又咧嘴笑了起来，"记住，几分钟之前你还没有得到大红，所以我们要一起完成这个工作，当然下一次你可以随意挑选一只小狗。"

丹尼跟着罗斯和哈金先生来到了棚屋的拐角处，雪莱在温暖的阳光里伸展着身体。它抬起它那高贵的头优雅地看着他们，然后开心地摇着尾巴跟大红打招呼。丹尼出神地凝视着。

五个小鼻子圆圆的小狗崽依偎在心满意足的妈妈旁边。但是有一只，比别的更大，也更强壮，当它听到不熟悉的声音时下意识地抬起了头。虽然还是小狗，但是它头上好像罩着一层看不见的光环，一层属于高品质狗的光环。

显然，这个小家伙继承了它父母最优良的血统，尽管它现在看来只是比其他的狗强壮一点点而已。丹尼笑了起来，他很开心，他从这只小狗的身上看见了希望，那是他从一开始欣赏优秀的狗时就有的梦想。

除此以外，丹尼还有更多的想法，这些想法几乎马上便涌现出来了。虽然现在这只小狗只是比其他的狗稍微多走了一步，然而在他的眼里，这只小狗已经远远甩开它的兄弟姐妹了。

大红僵硬地走来走去，它一边闻闻雪莱一边摇着尾巴，然后仔细看着它的两个儿子和三个女儿。

迎着灿烂的阳光，哈金先生笑了，罗斯笑了，丹尼也摸了摸头，开心地笑了。